나는 새를 봅니까?

송미경 소설

문학동네

차례

신발이 없다

신발이 없다. 여름방학이 시작되기 일주일 전부터 집 밖에 나가지 못하고 있다. 내 발은 이제 240사이즈의 운동화가 불편하다. 발가락 끝이 신발 끝에 닿고 발등이 눌린다. 이대로 맞는 신발을 구하지 못한다면 나는 개학 후에도 밖에 나가지 못할 것이다.

학교에 갈 땐 교복과 생활복이 정해져 있다. 평상복으로는 아디다스 트레이닝복 두 벌과 직접 주문제작한 검은색과 흰색의 실내복 세트가 겨울용과 여름용으로 각각 두 벌씩 있다. 입을 옷은 걱정하지 않아도 된다. 내 몸은 성장을 거의 멈춘 것 같다. 발이 문제다. 발이 자랐고, 내겐 맞는 신발이 없다. 신발을 고르기 위해 2주째 아침부터 저녁까지 인터넷 쇼핑몰을 떠돌았지만 마음에 드는 것을 구하지 못했다.

오늘도 '발사랑' 카페에 접속했지만 카페는 서버 정비로 닫혀 있다. 발사랑 카페에는 신발 관리법, 신발 선택법, 심지어 발 관리법이나 보행에 관련된 정보가 많아서 나는 그곳을 애용하고 있었다. 발사랑 카페의 주인장인 주은발은 회원들이 올리는 글에 하나하나 답을 달아 준다. 가끔 공동 구매가 열리기도 하는데 나는 아직 카페에서 신발을 구매한 적은 없다. 마음에 드는 신발이 있었는데 고민하는 사이 주문 폼이 닫혔다.

얼마 전 '신발창고'라는 쇼핑몰에서 오늘의 운동화라는 이름의 운동화를 64시간 고민 끝에 주문했지만 실패였다. 발가락이 너무 답답해서 온몸이 화끈거렸고, 머리카락 사이로 새로운 머리카락들이 순식간에 돋아나는 것 같은 간지러움을 느꼈다. 나는 비명을 지르며 운동화를 벗어 버렸다.

그다음으로 봐 두었던 '사노라면' 쇼핑몰에서 앞코가 둥글고 볼이 넓은 애너밸리 운동화라는 이름의 통굽 운동화를 주문했다. 그 신발은 2년 연속 베스트 상품이었다. 쇼핑몰 게시판에 올라온 착용 사진과 후기들을 모두 살피고 주문한 거였지만 배송되어 오자마자 반품해 버렸다. 그 신발은 내 뒤꿈치와 복숭아뼈를 압박했다. 걸을 때마다 마치 무딘 칼날이 나를 위협하는 것 같았다.

나는 아주 잠시 슬리퍼를 살까 생각했지만 슬리퍼는 걸을 때 뒤축이 깔딱거리며 소리가 나기 때문에 그만두었다. 끈을 발가락 사이에 끼우는 디자인도 걸을 때 나는 소리도 싫어서 나는 발목을 고정해 끼우는 스트랩샌들을 사기로 마음먹었다. 발가락 부분이 뚫렸으되 소리가 나지 않으려면 그래야 했다. 나는 소음을 일으키는 신발들을 혐오한다. 하지만 빠르게 배송된 앨리스 스트랩샌들이라는 이름의 신발은 몇 발짝 걷다가 벗어야 했다. 알몸에 허리띠를 하고 대낮에 거리를 걷는 기분이었다.

"유주야, 밥 차려 놨어. 먹어. 오늘은 아르바이트생 시험 기간이라 아빠가 좀 늦어. 저녁도 네가 꺼내 먹어. 미역국 꼭 덥혀서 먹고."

아빠가 문을 두드린 뒤 방 밖에서 말했다.

아빠는 무례하다. 신발을 고르기 위해 애쓰고 있는 나를 방해하다니. 내가 스스로 나가기 전엔 이 방문을 절대 열지도 말고 두드리지도 말고 나를 부르지도 말라고 했지만 늘 소용없다.

이 방, 내 책상에 앉아 신발을 고르는 행위는 마치 꿈을 꾸는 것과 같다. 그렇기 때문에 누군가 나를 중간에 깨우면 나는 처음부터 다시 시작해야 한다. 화가 나서 신발 따위는 사고 싶지 않아졌다. 샌들이건 운동화건 구두건 절대 아무것도.

"엄마가 없다고 신발로 징징대지 마. 어린애라도 그러진 않지."

어제 집에 놀러 온 제니가 한 말이다.

"엄마와 살 때는 안경이 늘 문제였어. 그러니 엄마가 없는 것과는 상관없어."

내가 말했지만 제니는 듣지 않으려는 듯 블루투스 이어폰을 귀에 꽂았다.

나는 중학교에 올라오며 서울로 이사를 왔고 아빠와 살게 됐다. 엄마는 제주도에서 이모와 작은 책방을 열었는데 서울로 오기로 한 것은 내 결정이기도 했다.

내 친구 제니는 자주 투덜대고 말이 거칠긴 하지만, 어떤 신발이든 구겨 신는 것을 빼면 괜찮은 친구다.

두어 시간 누워서 딴생각을 하다 보니 다시 신발을 사고 싶어졌다. 두 팔을 엉덩이 뒤에서 깍지 끼고 쭉 뻗어 올려 굳은 목과 어깨를 풀었다. 신발 때문에 나가지 못한 게 3주가 되어 가니 오늘은 어떻게 해서든 신발을 골라야 했다.

나는 모델의 착화 사진보다 사람들이 쇼핑몰 리뷰란에 써 놓은 글을 좋아한다. 쇼핑몰 모델들은 어떤 신발을 신겨도 늘 비슷하다. 발목은 너무 가늘고 복숭아뼈는 부드럽게 도드라져 있으며 발뒤꿈치는 매끄럽다. 그것은 생활하는 사람의 발이 아니다. 그러니 쇼핑몰 사진에 속으면 안 된다. '다른 색상으로 한 켤레 더 주문합니다.'라는 후기가 달려 있는 신발이야말로 실패 확률이 적다.

최근 새로 오픈한 '더폴' 쇼핑몰은 신발을 신고 찍은 사진을 구매 후기로 올리면 신발 가격의 5프로에 해당하는 적립금을 준다.

그래서 어떤 쇼핑몰보다 타인이 신은 모습을 많이 볼 수 있다.

며칠 지켜본 신발 중 아로아 통가죽 오픈토슈즈의 후기가 마음에 들었다. 신을수록 착화감이 좋다는 천연 소가죽 재질이 편안해 보일 뿐 아니라, 엄지발가락 끝이 살짝 보이는 디자인 때문에 봄부터 가을까지 신기 좋아 보였다. 굽 높이도 2.5센티로 딱 적당했다. 그러나 위시리스트에 담아 놓은 며칠간 칭찬 일색이던 아로아 통가죽 오픈토슈즈 후기란에, 하필 구매를 결심한 오늘 새로운 후기가 올라왔다.

'이 신발이 편하다고요? 단 하루 만에 발뒤꿈치가 까졌고 발등 라인의 재단이 거칠어서 살갗도 벗겨졌습니다. 제 다른 후기 검색해 보세요. 늘 칭찬이었으니 이 후기가 거짓이 아님을 알 수 있을 거예요. 이렇게까지 안 하려고 했는데 사진 올립니다.'

후기를 올린 이의 발은 어디 내놓아도 손색이 없는 근사한 발이었다. 하지만 발등과 뒤꿈치는 껍질이 까지고 변색되어 있었다.

잠시 허기가 느껴졌지만 밥 먹을 여유가 없었다. 나는 침을 모아 삼킨 뒤 의자를 당겨 앉았다. 긴장돼서 손까지 떨려 왔다. 마음을 가다듬어 보려고 쇼핑몰 정보를 클릭했다.

'우리 쇼핑몰의 이름은 영어의 The Fall을 발음대로 사용했습니다. 아담과 하와가 선악과를 따 먹고 에덴동산에서 추방당한 사건을 상징하지요. 우리가 만약 에덴동산에 살았다면 옷도 신발도 필요치 않았을…….'

쇼핑몰 이름에 대한 설명이 끝도 없이 길었다.

"읽으라고 써 놓은 건가?"

나는 중얼거리다가 '발라발라' 쇼핑몰에 들어갔다. 신상품이 들어왔다며 요란스러운 팝업 광고가 떴다. 홈페이지의 디자인은 촌스럽지만 이 쇼핑몰은 정말 정직한 편이다. 다른 쇼핑몰과 달리, 나만큼이나 평범한 주인장이 직접 신발을 신고 광고한다. 게다가 다른 쇼핑몰처럼 서래마을 거리나 인테리어가 잘된 카페에서 사진을 찍지 않고, 늘 사무실 택배 상자 더미 앞에서 사진을 찍어 올린다. 나는 언제나처럼 관리가 안 된 주인장의 발을 보며 조금 웃은 뒤 지난주에 위시리스트에 담아 놓은 친구친구 데님스니커즈에 새로운 후기가 올라왔는지 확인했다.

아직은 편하고 예쁘다는 후기뿐이었다. 오늘 제일 먼저 올라온 후기는, 그 신발을 신고 학원에 갔더니 친구들이 다들 어디서 샀냐고 물어봐서 알려 주었으니 오늘 들어오는 주문의 상당수는 자신의 홍보 덕이라는 내용이었다. 나는 위시리스트에 담겨 있던 친구친구 데님스니커즈를 장바구니로 옮겨 둔 뒤 허리를 쭉 펴고 깊은 숨을 내쉬었다. 참을 수 없이 목이 말라 왔다.

나는 벌떡 일어나서 냉장고로 달려갔다. 야채 칸에 가득 담긴 캔 콜라 하나를 꺼내 단숨에 마셔 버렸다. 콜라를 마시고 나자 배가 고팠다. 가지런히 정리된 투명 반찬 통 안의 반찬들 중 내가 좋아하는 생선조림과 깍두기를 꺼내서 쟁반에 담고 서둘러 방으로 들어와 문을 잠가 버린 뒤 제니에게 전화했다.

"나, 신발을 골랐어."

"별일도 아니네."

"지금 링크 보냈어. 확인해 봐."

"괜찮네."

제니가 대충 대답했다.

"너 지금 뭐 하고 있어?"

"유주야, 너 이거 아직 안 봤지? 〈절대 통치자 혜나〉."

"나 드라마 안 보잖아. 그럴 시간이 어딨어?"

제니는 드라마 이야기를 많이 한다. 신작 드라마는 물론이고 지나간 드라마를 정주행하는 것이 제니의 취미다. 웹툰 작가가 되고 싶어 하는 제니는 장르소설도 많이 읽는다. 제니는 드라마 얘기를 한참 하다가 집으로 오겠다며 전화를 끊었고 5분도 안 되어 우리 집에 왔다. 바로 옆 동에 살기 때문이다.

"수학 학원 다니기 시작했다며. 지금 갈 시간 아니야?"

"학원 간다고 나왔으니 걱정 마."

"열심히 공부해서 대학 간다며, 애니메이션학과."

"생각이 바뀌었어."

제니는 생각이 자주 바뀐다. 서울에 와서 유일하게 사귄 제니는 그동안 바뀐 장래 희망이 여럿이다. 드라마 제작자, 카피라이터, 숲 해설가, 중국어 번역가, 버라이어티쇼 연출자, 심야 라디오

디제이, 골프 선수 그리고 웹툰 작가.

"대학은 안 가기로 했어. 나같이 창의적인 애는 혼자 하는 게 더 나을 수도 있다는 결론."

내가 웃자 제니가 주머니에서 꺼내려던 것을 다시 넣었다.

"뭐야?"

"생초콜릿. 그런데 너 안 주기로 방금 결심했어. 생각이 늙은 애들은 이런 걸 먹을 자격이 없거든."

"공부할 거니까 자주 연락하지 말라고 한 건 너였어."

내가 손을 벌리며 말하자 제니가 포장이 뜯기고 반 정도밖에 남지 않은 초콜릿 봉지에서 초콜릿 하나를 꺼내 내 손바닥 위에 올렸다.

"그렇다면 한 개 정도는 줄게. 이거 엄청 맛있어서 입에 넣자마자 기절한다."

초콜릿을 입에 넣고 우물거리는 사이 제니가 내 침대에 앉았다.

"대중의 취향을 알아야지. 신발에 빠져 사는 너 같은 대중도 취재해야 하고. 좋은 웹툰 작가가 되려면."

"넌 그림을 못 그리잖아. 그건 어쩔 건데?"

"다시 토해. 초콜릿."

제니가 내 턱 밑에 손바닥을 갖다 대며 말했다. 내가 혀를 빼고 다 먹은 것을 확인시켜 주자 제니는 웹툰 작가라고 꼭 그림을 잘 그려야 하는 건 아니라고 말하며 왜 그렇게 생각하는지를 설명하기 시작했다.

발라발라 쇼핑몰의 배송 마감은 오후 다섯 시 기준이고 지금은 오후 세 시니까, 나는 아주 느긋하게 밥을 먹고 결제를 하면 될 것이다.

"너도 먹을래?"

내가 제니에게 물었다.

"아니, 난 다이어트. 웹툰 작가가 되려면 건강관리도 해야 해. 하루 종일 앉아서 시놉을 짜야 할 테니까. 나 요즘에 아침마다 중랑천 걷기 운동도 하고 있어."

"그런데 초콜릿은 뭐야? 이미 꽤 먹은 것 같던데."

"너 초콜릿 다이어트 모르냐?"

"저번엔 단백질 다이어트 한다고 삶은 달걀만 먹었잖아."

"싫어하는 걸 먹으니 효과가 없더라고. 그래서 조금 먹더라도 좋아하는 걸 먹기로 했지."

"그게 무슨 건강관리야?"

나는 제니가 휴대폰으로 웹툰을 보는 동안 혼자 밥을 먹었다. 첫 끼니라서 그런 것도 있지만 친구친구 데님스니커즈 때문에 밥맛이 아주 좋았다. 나는 정말 오랜만에 밥을 반 공기 정도 더 먹었다. 설거지를 마친 뒤 아까 냉동실에 넣어 둔 캔 콜라를 꺼내 방으로 왔다. 따지 않은 콜라를 볼에 비벼 보았다.

"조금 더 얼렸다간 터질 뻔했네."

나는 물방울이 맺힌 캔 표면을 손으로 닦으며 말했다.

"나도 콜라 줘."

"초콜릿 다이어트 한다며?"

"오늘은 콜라 다이어트 하려고."

나는 제니에게 콜라를 한 캔 가져다주고 콜라를 마시며 느긋하게 발라발라 쇼핑몰에 접속했다. 발라발라 쇼핑몰은 방문자도 구매자도 많지 않은 데다가 하루에 올라오는 후기도 몇 안 되기 때문에 새로운 후기가 올라왔을 것 같진 않았지만 나는 주문 전 마지막으로 후기를 점검했다. 그사이 새로운 후기가 올라와 있었다.

'비 오는 날 맨발에 신고 나갔다가 발에 데님 물이 들어 쉽게 빠지지 않네요. 뭐죠?'

라는 글과 함께 푸른 얼룩 때문에 멍든 것처럼 보이는 발 사진도 첨부되어 있었다. 나는 콜라 한 모금을 들이켜고 사진을 자세히 보았다.

"이건 꿈속의 꿈일 거야."

내가 중얼거렸다.

"유주의 꿈속에 내가 초대된 거네. 이런 스토리 괜찮은데?"

제니가 대답했다.

실시간으로 후기에 댓글이 하나 더 달렸다.

'저는 비 오는 날 흰 양말 신고 나갔다 왔는데요, 흰 양말에 물이 들어 버렸어요. 정말 예쁜 신발인데 아쉽네요. 역시 싼값을 하는가 봐요. 이런 이유로는 환불 안 될까요? 얼마 전 타 쇼핑몰에선 이 신발 샀던 사람들 환불해 주고 쪼리 한 켤레씩 선물로 보내 줬대요.'

나는 남은 콜라를 다 마셔 버린 후 제니에게 컴퓨터를 내주고 침대에 누워 버렸다. 잠들어 버리고 싶은 기분이었다. 하지만 오후 네 시, 절대 잠이 오지 않을 시간이다. 나는 울기 위해 베개에 고개를 묻었다.

"왜 그래?"

"친구친구 데님스니커즈에서 푸른 물이 빠져나와 내 발가락과 발등을 물들이는 장면을 상상 중이야."

제니는 내 말을 듣고 데님스니커즈 후기를 읽으며 낄낄댔다.

상상 속 내 발이 점점 더 진한 푸른색으로 물들더니 결국 청바지와 똑같은 색이 되어 버렸다. 나는 다시 일어나 제니를 컴퓨터 앞에서 밀어낸 후 발라발라 쇼핑몰에 들어갔다. 그새 상품 설명란에 '물 빠짐 주의, 단독세탁, 우천 시 착용을 피할 것'이라는 경고 문구가 추가되고 신발을 20프로 할인해 놓았다.

"20프로 할인이래. 이미 구매한 사람들은 20프로 적립."

"돈 벌었네. 가만히 앉아서."

제니가 내 침대에 누워 휴대폰을 보며 말했다.

"내가 이거 고르느라 얼마나 고생했는데. 매일 쇼핑몰을 둘러보고 모든 리뷰를 꼼꼼히 읽었어."

울고 싶었지만 눈물이 나오지는 않았다.

"내가 죽은 자들의 속삭임을 듣는 아이 얘기 한 거 기억나?"

"응, 머리를 감으려고 고개를 숙일 때마다……."

"그래 그거. 그거 시놉 다 짜고 대사까지 깨알같이 생각해 놨지. 그런데 말이지, 그 비슷한 설정이 이미 웹툰으로 나왔더라고."

"그럼 누가 네 거 가져다가 쓴 거야? 표절?"

내 말에 제니가 몸을 일으켜 세워 앉았다.

"아니, 그게 2년 전에 그 사람 블로그랑 인스타에 부분 연재됐던 거였어."

"그럼 네가 그걸 봤던 거야?"

"그렇지 않아. 그냥 우연인 거지. 그러니 네가 그런 일 따위로 울 것 같은 표정을 지을 필요는 없다는 얘기야. 그리고 신발을 못 구하면 학교에 가지 않겠다는 소리도 하지 마. 이런 엄청난 슬픔을 겪은 나도 잘 살고 있잖아."

아무 신발이나 닥치는 대로 신는 애들, 신발을 함부로 구겨 신거나, 질질 끌거나, 훔쳐 신거나, 냄새나게 신는 그 애들(물론 제니를 빼고)과 함께 학교에 다녀야 한다는 건 끔찍하지만 만약 내 마음에 드는 신발을 구하기만 한다면, 나는 기꺼이 학교에 갈 것이다.

제니가 학원에 가지 않았다는 것을 들켜서 집으로 돌아간 뒤 나는 한동안 자고 일어나서 폰을 켰다. 이번에는 발사랑 카페에 접속이 됐고 2주간 서버 장애와 카페 정비가 있었다는 글이 팝업으로 떴다. 나는 서버 점검 알림이 뜬 후로도 하루도 빠짐없이 발사랑 카페에 접속해 왔다. 카페 정회원인 나는 구두 보관함과 운동화 건조대 공동 구매에 참가한 적도 있었다. 나는 새벽이면 올라오는 '골라 주세요' 카테고리 게시물에 정성껏 대답을 해 주곤 했다. 사람들은 색상이나 디자인이 조금씩 다른 제품의 구매를 결정할 때 가장 오래 망설인다. 올라오는 글이 대부분 색상을 골라 달라는 글인 걸 보면 그렇다. 사람들이 신을 신발을 골라 주는 일은 재미있었다. 누군가에게 어울리는 신발을 골라 주는 일이 내 직업이라면 좋을 것이라고 늘 생각했다.

오랜만에 열린 발사랑 카페에는 눈에 띄는 공지가 있었다.

'신어 보는 서비스를 시작합니다. 왕복 배송료와 신어 보는 비용 3000원만 내세요.'

나는 당장 열 켤레를 신청했다. 몇 번의 쪽지가 오가며 나는 발사랑 카페 주인장 주은발에게 빠져들었다. 내가 뭐든 질문하면 5분도 안 되어서 바로 답을 해 주었기 때문이다. 나는 누군가에게 질문하지 않는 편인데 그건 답을 기다리는 시간을 참을 수 없기 때문이었다.

왕복 배송료 6000원에 한 켤레 신어 보는 가격 3000원, 총

36000원. 적은 금액은 아니었지만, 한번 사면 오래도록 신게 될 신발을 이 정도 값을 치르고 미리 신어 보는 것은 내겐 좋은 기회다. 신발이 없어서 신발 가게에 직접 가지 못하는 나 같은 사람에겐 말이다. 혹시 몰라서 디자인에 따라 사이즈도 고르게 주문했다. 디자인마다 조금씩 사이즈가 다르기 때문이다.

처음 배송받아 신어 본 열 켤레에선 아쉽게도 마음에 드는 신발이 없었다. 그래서 두 번째 신어 보는 서비스를 신청했고, 또 얼마 가지 않아 세 번째 신어 보는 서비스를 신청했다. 그러는 사이 나는 카페 주인장 주은발과 개인 카톡을 하는 사이가 됐다.

- 님, 신상 들어왔는데 신어 보실래요? 페레로 우먼스 어글리 에어 점프 슈즈 입고되었어요.

- 네, 빨리 신어 보고 싶네요.

- 뉴발 보스턴 마라톤 이미도 있어요. 말이 이미지, 오리지널보다 훨씬 충격 흡수율이 높아요.

- 많이 뛰지는 않지만 언젠가는 뛸 수도 있으니 그것도 해 볼게요.

- 나이키 테니스 클래식은요?

- 그건 별로요. 너무 단순해 보여서.

- 언젠가 달릴 생각이 있다면 에어맥스 코스모스 신상도 신어 보세요.

- 그럴게요. 언젠가 달릴 거니까요.

- 단골이시니, 이번엔 아쿠아 젤리슈즈 덤으로 보내 드릴게요.

- 덤은 됐어요. 젤리슈즈 안 신어요.

- 돈 안 받아요.

- 괜찮아요. 비 오는 날 그걸 신은 사람들 발에서 깔짝거리는 소리를 들었어요.

- 공짜 싫다는 사람 이 일 하면서 처음 보네요. 다들 하나라도 더 받아 내려고 안달인데.

- 발사랑 카페 운영 언제부터 하신 거죠?

- 4년 되어 가요. 중학교 입학하면서부터요. 아버지 도와서 하게 됐는데 앞으로는 제 일이 될 것 같아요.

다섯 번째 신어 보는 서비스를 이용했을 때 마음에 드는 신발이 생겨 구매하게 되었다. 그런데 왜 나가지 않냐고? 내가 산 신발은 알래스카어그라는 이름의 겨울 털 부츠였다. 주은발이 작년에 팔고 남은 재고품까지 마구잡이로 보낸 날 뜻밖에 건진 거였다. 하지만 알래스카어그는 겨울이 되어야 신을 수 있으니 나는 어쩌면 겨울까지 이 방에 갇혀 지낼지도 모를 일이다.

- 이번엔 양이 좀 많아요. 사무실 한번 들르세요.

- 저는 밖에 나가지 않아요. 신발이 없어서요.

- 저에게 그간 산 신발이 없나요?

- 알래스카어그요.

- 아, 어그를 사셨죠.

나는 주은발이 마음에 들었다. 신발이 없어서 밖에 나갈 수 없다는 나에게 더 이상의 질문을 하지 않았기 때문이다.

- 그럼 제가 아버지가 거래처 가실 때 부탁해서 발리여행님 집 앞으로 한 번 갈까요?

순간 겁이 났다. 주은발이 나를 보면 다시는 신어 보는 서비스를 내게 하고 싶지 않을 것만 같았다.

이틀간 폭우 때문에 우리 동네 인터넷망에 문제가 생겼다. 게다가 창을 열어 두고 잤던 나는 심한 감기에 걸려 침대에서 일어나지 못했다. 간신히 정신이 들었을 때 주은발로부터 다시 카톡을 받았고 얼떨결에 주은발의 방문을 허락해 버렸다.

하지만 막상 벨 소리를 들은 나는 선뜻 인기척을 하지 못했다. 현관 렌즈로 주은발을 보았다. 닉네임 때문에 남자일 거라고 예상한 것과는 달리 내 또래의 평범한 여자아이였다.

"안에 있는 거 알아요."

주은발이 문을 두드리자 화들짝 놀라는 바람에 손등으로 현관 잠금장치를 눌렀다. 삐리리 소리가 났다. 나는 어쩔 수 없이 문을 열었다.

문 앞에 이미 큰 상자들을 쌓아 둔 주은발이 인사도 없이 박스들을 집 안으로 마구 끌어다 놓았다.

"좀 도와."

주은발이 흘끔 나를 보고는 처음 한 말이었다. 보자마자 말을 트는데도 어색하지 않았다.

나는 큰 상자들을 질질 끌어다가 집 안에 쌓았다.

"이걸 어떻게 다 옮긴 거니."

"늘 하는 일인데 뭘. 집 좋네. 나는 언제 이런 집에 살아 보나."

무릎이 심하게 튀어나온 칠부바지, 전자제품 로고가 등판에 박힌 늘어난 면 티셔츠, 고무신같이 생긴 샌들, 짧은 머리와 짙은 눈썹, 검게 그을린 얼굴과 목덜미와 팔뚝 같은 것들을 나는 유심히 보았다. 강인하면서도 무겁지 않아 보이는 몸짓이었다.

"거기 목록 있어. 체크하면서 보고."

나는 고개를 끄덕이다 물었다.

"왜 반말해?"

"동갑이길래. 미안, 카페에 가입할 때 네가 적은 생년월일을 봤어. 넌 겨울에, 난 여름에 태어났어."

그 애는 상자를 다 들여놓곤 바로 가 버렸다. 큰 상자를 열자 작은 상자들이 나왔다. 나는 방 가득 상자를 꺼내 놓고 신발을 신어 보기 시작했다. 모두 내 발에 맞는 사이즈들이었다. 나는 바닥에 내려놓은 거울을 통해 신발을 보고, 사진으로 찍어서 보기도 했다.

나는 2.5센티 코르크 밑창 슬리퍼가 마음에 들었다. 마치 구름 위를 걷는 기분이 들었다. 나는 주은발이 가르쳐 준 대로 마음에 드는 그 코르크 밑창 슬리퍼를 상자에 도로 넣은 뒤, 상자에 노랑 스티커를 붙이고, 목록에 동그라미표를 했다.

이런저런 신발을 신고 나는 거실과 방을 돌아다녔다. 내가 신을 리 없는 높은 신발을 신었을 때는 우쭐해지기도 했다. 간식을 먹은 뒤, 베란다까지 모델 흉내를 내며 걸어 보았다. 심지어 블라인드를 올리고 창을 활짝 열기까지 했다.

그중엔 내가 중학교에 다닐 때 신던 실내화와 디자인이 비슷한 신발도 있었다. 굽이 없고 발바닥이 바닥에 딱 붙는 그 신발은 언제나 불편했다. 그 어떤 옷에도 어울리지 않는 그런 것이 우리 학교 지정 실내화였다. 하얀 실내화에 아이들은 유성펜으로 이런저런 낙서를 해 넣었다. 나이키나 푸마, 아디다스를 그려 넣거나 뉴발란스를 그려 넣었다가 선생님께 잔소리를 듣는 아이들이 많았다. 학교에서 낙서 금지령 가정통신문을 집으로 보낼 정도였다.

제니는 신발 가득 소설의 문장을 써넣었는데 심지어 한 단어는 맞춤법이 틀린 상태였다. 그때 내가 내 흰색 실내화에 한 것은 못으로 구멍을 뚫고 칼질을 해서 마치 10년도 넘게 신은 듯하게 만드는 일이었다. 신발이 너덜거리고 거미줄처럼 보일 때까지 나는 열심히 구멍을 뚫고 사포질을 했었다.

우리가 어떤 실내화를 신든 학교에서 신경 쓰지 않았다면, 우리는 그 일에 그렇게 열중하지 않았을지도 모른다. 중학교는 모든 것을 간섭했다. 중학교 다닐 때 가장 끔찍한 기억은 교복을 입어야 한다는 것이었다. 자주색 재킷에 파란색 체크 스커트, 검은 넥타이와 흰 블라우스, 어느 것 하나 내게 어울리지 않았다. 나는 수업 시간 내내 등판과 진동둘레를 조여 오는 교복과 말려 올라간 치맛단을 신경 쓰느라 수업에 집중할 수 없었다. 게다가 체육복은 짙은 수박색이었는데, 바로 그 체육복 때문에 나는 아빠에게 전학을 보내 달라고 말했었다. 하지만 아빠는 나를 전학시켜 주지 않았고 나는 체육 시간마다 보건실에 누워 있었다. 그래도 고등학교에 올라와서 입은 교복은 마음에 들었고 평소엔 생활복을 입고 다녀도 되었다. 내 관심사가 옷에서 신발로 옮겨 간 것도 그 이유였다.

나는 착화감이 좋았지만 역시 슬리퍼를 신을 리는 없을 것 같아서 구매 목록을 수정하고 상자에 붙였던 노랑 스티커도 떼어 냈다. 결국 아무것도 고르지 못한 것이다.

신어 보는 서비스를 몇 번 더 받은 뒤, 주은발은 내게 한 가지 제안을 했다. 그 애의 창고에 직접 와 보라는 거였다. 약간의 입장료만 내고 하루 종일 그곳에서 신발을 신어 보라고 했다.

- 하지만, 거기까지 신고 갈 신발은 어그부츠뿐이잖아. 그런 상태인 나를 누군가 보는 것도 싫고.

- 미친, 누가 너만 보냐ㅋ 하고 싶은 걸 그냥 해.

갑자기 지난번 신발들을 수거하러 왔을 때 주은발이, 주은발을 닮은 아저씨랑 아파트 주차장 앞 벤치에 앉아 우유와 빵을 먹고 있던 모습이 생각났다. 사람들이 쳐다보든 말든 빵을 먹는 모습이 멋있었다. 반쯤 남은 빵을 한입에 넣고는 다시 새 빵 봉지를 뜯어 베어 무는 그 애의 모습을, 나는 창으로 내다봤었다.

- 내가, 너 같은 인간들에게 신발 배송을 하며 느낀 건데 말이야. 넌 신발 중독이나 쇼핑 중독은 아닌 것 같아. 그 사람들은 언젠가 신기 위해 신발을 사 모으는 거지만 넌 신발을 신지 않기 위해 신발을 찾아 헤매거든. 어쨌든 창고엔 온갖 재고들이 쌓여 있어. 수량이 한 켤레밖에 없는 신발은 사진 찍어 올리고 할 겨를이 없어. 인력 낭비니까. 샘플 신발들도 있고 말이지. 네 마음에 드는 신발이 백 켤레도 넘게 있을지도 몰라. 오는 방법은 걱정 마. 배송차가 신발 수거하러 가며 널 태우고 오면 돼.

제니는 그사이 웹툰 작가 지망생들의 모임에 나가기 시작하며 인체 그리기 연습을 하러 종종 집에 들렀고 자꾸만 나를 실제보다 뚱뚱하게 그렸다.

"다음 모임에선 시놉 발표가 있어. 그래서 내가 신발중독자의 변명이라는 웹툰을 구상했거든."

제니가 주머니에서 생초콜릿을 꺼내 먹으며 말했다.

"내 얘기 쓴 거야?"

"네 얘긴 그럴 가치까진 없는 것 같아서 가치 있는 내 이야기와 짬뽕을 해 봤어. 너 이거 들으면 기절한다. 재미있어서."

제니는 그림을 못 그리지만 웹툰 작가가 되려는 자신과 신발이 없어서 밖에 나가지 못하는 내 이야기를 섞었다는, 발이 없는 사람들의 도시에서 신발을 판매하는 여자아이 이야기를 들려줬다.

"발이 없는 도시에서 신발을 판다는 게 너무 이상하지 않아?"

"세상에 신발이 널렸는데 신을 신발이 없다고 하는 너보다는 개연성 있지."

제니는 이번엔 내가 움직이는 모양을 크로키하겠다며 책을 들고 3분마다 자세를 바꾸라고 했다.

"그다음 모임은 웹툰 페스티벌 탐방 후 감상문을 써내는 거야. 페스티벌 같이 가자."

내가 대답이 없자 제니는 자기에겐 친구가 나밖에 없다는 이야기와 그런 곳에 갈 땐 친구랑 가는 게 재미있다는 이야기 등을 했다.

"신발을 구하면 같이 갈게."

제니는 크로키북을 덮더니 내 손에 휴대폰을 들려 주며 말했다.

"그럼, 어서 당장 골라."

내가 얼마나 여러 가지 변명을 해 가며 약속을 미루었는지, 신발 창고에 도착하던 그날 주은발은 나를 창고에 가둬 버리고 싶을 지경이라는 말까지 했다.

나는 주은발을 따라 창고 안쪽으로 들어갔다. 그곳은 정말 내가 지금 어떤 꼴을 하고 있고, 내가 어떤 옷을 입고 있고, 어떤 신발을 신고 있는지 따위를 한순간에 잊게 만들어 주는 거대한 곳이었다.

"라면 먹을래?"

주은발이 묻자마자 주은발을 닮은 아저씨가 신발 창고로 들어왔다. 집에서부터 함께 차 타고 오면서도 제대로 인사를 못 했던 나는 큰 소리로 인사했다.

"안녕하세요?"

아저씨가 웃으며 고개를 끄덕였다.

"말 못 하셔. 하지만 별로 안 불편하셔. 내가 장사를 잘 돕거든. 방학이 끝나면 아빠가 할 일이 좀 더 많긴 하지만."

나는 주은발을 닮은 아저씨가 자꾸만 손짓을 하는 바람에 아저씨가 끓인 라면을 먹어야 했다. 낯선 사람과 식사를 하는 것은 처음이었다.

"난 이 일이 재미있어. 좀 더 하다가 신발 만드는 일도 할 거야.

자리 좋은 곳에 가게도 열고. 계속 학교 안 다닐 거면 우리 가게 와서 아르바이트해. 평범한 발 모델."

나는 창고 깊은 곳까지 쌓여 있는 245사이즈의 재고 상품들을 하나씩 신어 보았다.

"이건 한 사이즈밖에 안 남았거나, 유행이 지났거나, 반품 받았는데 신은 흔적이 있는 것들이야. 헐값에 줄 테니 마음껏 골라 봐."

주은발이 자루에서 꺼낸 신발들은 제짝이 없어진 신발부터 신었던 흔적이 또렷한 신발까지, 내 발에 맞는 온갖 종류의 신발들이었다.

나는 그중, 새파란 색에 노란 끈이 묶여 있는 운동화 한 짝을 발견했다. 왼쪽이었다. 신어 보니 마음에 쏙 들었다.

"이거, 한 짝 더 찾아 줘."

내가 말했다.

주은발이 신발 더미를 뒤적여 파란색에 노란 끈을 달고 있는 운동화 한 짝을 찾아냈다.

신발을 양발에 신고 전신 거울을 보았다. 나는 꽤 괜찮아 보였다. 거울 속의 나를 보는데 거울을 통해 또 다른 신발, 가죽슬리퍼가 눈에 들어왔다.

나는 운동화를 벗어 두고 가죽슬리퍼를 신었다.

"딱 어울린다. 네 지금 복장이랑 그 슬리퍼. 강인한 백수 같아."

주은발이 말했다.

이상한 일이었다. 신어 보는 신발마다 내 발에 맞았다. 물론 이 신발을 신고 내가 집 밖을 나가게 될지, 학교를 다니거나 학원을 다니거나 친척 집에 가거나 영화관에 가게 될지는 장담할 수 없지만, 그럴 가능성이 생긴 거다. 나는 마음에 드는 신발을 한편에 모은 뒤 제니에게 웹툰 페스티벌에 가자고 문자를 보냈다.

나는 새를 봅니까?

새는 가만히 앉아서 사람들이 버스에 오르는 것을 보고 있었다. 성인보다 큰 몸에 넓고 긴 날개를 늘어뜨린 새는 이따금 날개를 펼쳤다가 접기를 반복했다.

새를 처음 본 것은 작년, 중학교 2학년 때다. 수학 학원을 함께 다니던 유하와 나는 발목까지 빠지는 눈을 밟으며 버스 정류장에 도착했다. 어깨의 눈을 털기 위해 고개를 돌렸을 때 나는 유하의 등 뒤에서 희끗거리는 무언가를 발견했다. 눈 쌓인 길 위에 내려앉은 크고 흰 새 한 마리였다.

"저렇게 큰 새는 처음 봐."

내가 말했다.

"이번 수학 시험은 불안해. 보지 않아도 안될 거라는 걸 알겠어."

유하가 말했다.

"눈보다 흰 새야."

"동준아, 99번 왔어."

"유하야, 저 새 봐."

"난 지금 가야 해."

유하는 고개를 돌리지 않고 힘없이 중얼거렸다.

내가 유하에게로 고개를 돌렸을 땐 이미 99번 버스의 문이 닫혀 버린 뒤였다. 자리에 앉은 유하를 향해 손을 흔들었지만 유하는 앞만 보았다. 나는 다시 새 쪽으로 고개를 돌렸다. 새는 여전히 거기 있었다.

다시 새를 본 것은 얼마 전 봄비가 내리던 날이었다. 유하와 함께 버스 정류장에 도착했을 때 새는 정류장 옆 나무 아래에 있었다.

"유하야, 그때 그 새야."

"나는 이제 여기 그만둘 거야."

유하는 보도블록 틈으로 피어오른 잡초를 유심히 보고 있었다.

"저 새를 본 게 꿈이 아니었나 봐."

내가 말했다.

"어떻게 이 틈에서 이렇게들 자라날까?"

유하가 말했다.

우리는 서로의 이야기를 듣지 않았다.

"잘 지내라."

그것이 유하의 마지막 목소리였고 마지막 인사였다.

나는 유하가 버스에 올랐는지 혹은 걸어서 그 길을 벗어났는지 기억나지 않는다. 어쨌든 나는 새를 보고 있었고 유하는 영원히 사라졌다. 그날 이후 나도 그 누구도 다시는 유하를 볼 수 없었다.

그리고 오늘 이렇게 다시 새가 나타난 거다. 버스에 오르던 할머니 한 분이 운전기사에게 뭔가 묻고 있었다. 새가 천천히 걸음을 떼자 내 앞자리에 앉은 아저씨가 차창 밖으로 고개를 돌려 새를 보았다.

"못 본 거야. 없어. 안 보여."

아저씨는 새의 움직임을 지켜보며 주먹으로 자신의 머리를 몇 번 때리고 중얼거렸다.

버스는 목적지를 묻던 할머니가 뒤돌아 내리고, 짐을 든 할머니가 올라와 자리에 앉고, 어린아이 둘을 데리고 탄 아이 엄마가 자리에 앉은 뒤에야 출발했다. 버스가 움직이자 새도 하늘로 부드럽게 날아올랐다. 아저씨와 나는 동시에 새를 향해 고개를 쳐들었다.

"날개가 엄청 크네."

그때 앞자리 아저씨가 몸을 돌려 나를 보았다. 놀란 표정이었다.

"왜 그러세요?"

"지금 뭐라고 했지?"

"날개가 크다고 했어요. 아저씨도 보셨잖아요."

갑자기 아저씨는 운전사를 향해 외쳤다.

"기사 양반, 내가 버스를 잘못 탔으니 지금 내려 줘요!"

"아무 데나 못 세워요. 정류장이 아니잖아요."

운전기사가 말했다.

아저씨는 가방을 들고 일어나서는 버스 뒷문을 두드려 댔다.

"다음 정류장에서 내리시라니까요."

운전기사가 짜증을 냈다.

"갑자기 속이 안 좋아요. 버스 바닥에 구토를 할지도 몰라요."

아저씨가 다시 뒷문을 두드리며 소리를 질러 댔다.

"낮부터 술을 퍼마셨나."

마침 신호에 걸리자 운전기사는 차를 멈춰 세우고 버스 뒷문을 열었다. 아저씨가 버스에서 내리자 나는 재빨리 아저씨를 따라 내렸다. 아저씨는 길가 편의점 의자에 앉아 숨을 내쉬었다.

"속은 괜찮으세요?"

아저씨는 나를 보자 몸을 움츠렸다.

"넌, 왜 내린 거냐?"

"새 이야기 하다 그만두셨잖아요. 궁금해서요."

"나는 흰 새에 대해 말한 적 없다. 난 새를 못 봤어."

"지금 아저씨 입으로 흰 새라고 하셨어요."

아저씨는 갑자기 기침을 했다.

"잘못 들은 거다. 이제 가라."

그때 부드러운 바람이 일었다. 고개를 들어 보니 그 새가 바람을 가르며 천천히 내 머리 위를 날고 있었다. 나는 크고 흰 날개를 바라보았다. 깃털 틈으로 은빛 눈동자들이 반짝거렸다. 버스가 출발하는 소리에 정신을 차려 보니 의자에 앉아 있던 아저씨는 어느새 보이지 않았다. 이미 새는 사라진 뒤였다.

"왜 새를 못 본 척하는 거지?"

나는 누군가 대답해 주기를 바라며 중얼거렸다.

아직 차가운 바람이 살 속으로 파고들었고 왼쪽 관자놀이가 쑤셨다. 집으로 들어서자 두통은 더 심해졌다. 아빠는 거실에서 초등학교에 다니는 동생 세빈이의 학습지를 채점하고 있었다.

"오늘 잘했어?"

"한 문제밖에 안 틀렸어. 근데 아빠, 나 오늘도 버스 정류장에서 희고 큰 새를 봤어."

"오빠, 저번에 말한 그 새야?"

"응, 날개가 이불처럼……."

"새야 볼 수 있지."

"아빠는 그런 큰 새 본 적 없어? 우리 동네에 날아다니는데."

"동준아, 너 요즘 그런 데 신경 쓸 시간이 있는 것 같아? 한 문제밖에 안 틀렸다고 안심하면 어떻게 하니? 한 문제도 틀리면 안 되잖아."

아빠는 저녁식사 시간 내내 인상을 펴지 않다가 내가 새벽까지 수학 공부를 하는 것을 보고는 기분이 좋아진 듯했다. 새벽 세 시가 되어 갈 무렵 따뜻한 우유를 가지고 내 방에 들어온 아빠는 곁에서 한동안 나를 지켜보았다.

"넌 머리가 좋아서 조금만 더 열심히 하면 돼."

아빠가 내 머리를 쓰다듬어 주었다.

나는 방에서 나가려는 아빠에게 새 이야기를 다시 꺼냈지만 아빠는 중요하지 않은 것은 신경 쓰지 말라는 말을 하고 나가 버렸다.

수학 학원에서 돌아오는 버스 안에서 나는 언제나 잠에 빠져들었다. 잠에서 깰 때마다 창밖 풍경은 조금씩 집 쪽으로 가까워져 있었고 그때마다 나는 유하와 버스 정류장에서 나눈 대화가 생각났다. 공원과 이어지는 산책로 앞에서 버스가 멈추자 강아지를 안은 여자가 버스에 올랐다.

"아가씨, 버스에 개는 안 돼요."

운전기사가 말했다.

"그럼 우리 까비 차비도 내면 되잖아요."

"차비는 필요 없어요."

"한 정거장만 갈게요."

"어서 내려요."

두 사람이 실랑이하는 것을 보다가 나는 차창 밖으로 고개를 돌렸다. 정류장 의자 위에 크고 흰 새가 앉아 있었다. 늦은 오후의 빛을 받은 흰 새는 마치 유리 위에 그려진 그림처럼 반투명했다. 큰 날개를 늘어뜨린 모습은 평화로웠다.

정류장에 우리 학교 교복을 입은 여자아이가 눈에 띄었다. 유하의 쌍둥이 동생 유은이였다. 유은이는 태연하게 새를 바라보고 있었다. 유은이가 흰 새를 향해 손을 뻗자 새는 날개를 몇 번 퍼덕거리더니 힘차게 날아올라 맑은 하늘 속으로 사라져 버렸다.

"개라고 차별하시는 거예요?"

여자의 목소리가 커졌다.

"죄송해요. 여기 문 열어 주세요."

내 말에 운전기사는 귀찮은 듯 뒷문을 열어 주었다. 하지만 그 사이 정류장에 있던 유은이는 사라졌다.

나는 무심코 버스 창가에 앉은 사람과 눈이 마주쳤다. 지난주에 만났던 그 아저씨가 분명했다. 내가 고개를 반 정도 숙여 인사하자 아저씨는 고개를 돌려 나를 못 본 체했다. 흰 새에게 내뱉던 말을 나를 보고도 중얼거리는 듯했다. 나를 보지 않은 게 분명하다고.

결국 버스를 타지 못한 여자는 강아지를 안고 정류장 의자에 주저앉았다.

“이제 괜찮니? 까비야.”

“강아지가 왜요?”

“산책 나왔다가 여길 지나는데 갑자기 우리 까비가 뭔가 무서운 걸 보기라도 한 것처럼 짖지도 못하고 몸을 떨고 우는 거야. 그래서 마침 도착한 버스에 급히 올라탔어. 바로 다음 정류장 근처가 우리 집이거든.”

그때 여자의 품에 안겨 있던 강아지가 허공을 향해 짖기 시작했다.

“얘가 또 왜 이래.”

우리 위로 흰 새가 지나갔다. 아주 느긋하게, 이불처럼 큰 날개를 너울거리며.

“저 새 때문인가 봐요. 크고 흰 새요.”

내가 새를 가리키자 여자가 하늘을 보았다.

“새가 어디?”

“지금 날아가고 있는 저 새요. 이불처럼 큰 날개의.”

여자는 나와 하늘과 강아지와 주변을 번갈아 살핀 후에 말했다.

“새는커녕 새 그림자도 안 보이잖니?”

나는 그 말을 듣는 순간 그 새에게 한 점의 그림자도 없었다는 걸 깨달았다.

"그림자가 없었어요. 맞아요."

여자는 나를 한번 훑어보더니 강아지를 끌어안고 자리를 떴다.

수학 학원이 평소보다 일찍 끝났다. 큰비 소식 때문이었다. 집으로 돌아오는 버스 안에서 이번 모의시험 결과를 보고 화를 내던 수학 학원 선생님의 말이 계속 생각났다.

"몰라서 틀리는 것보다 실수로 틀리는 게 더 나쁜 거야. 정신 똑바로 안 차렸다는 거잖아."

빗방울이 차창을 두드리는 속도가 빨라졌다. 버스 창에 기대어 내리는 비를 바라보고 있으니 온몸이 나른해졌다.

지난번과 같은 유형의 문제에서 실수한 걸 알면 아빠는 화를 낼 거다. 잠결에도 걱정이 사라지지 않았다.

"사거리에 사고가 크게 나서 지름길로 돌아갈게요."

졸고 있던 나는 운전기사의 목소리에 깨었다. 어느새 비가 그치고 차창엔 빗방울만 맺혀 있었다. 버스 안에는 새를 보았던 아저씨와 나뿐이었다. 버스가 비포장도로로 접어들었다.

"차에 문제가 생긴 것 같아요. 잠시만 기다려 주세요."

운전기사가 차를 세우고 말했다. 나는 버스가 멈춘 것보다 이제 막 단잠에 빠져들려던 참에 깨어난 것이 억울해서 다시 눈을 감았다.

"수요일마다 어딜 다녀오니?"
나를 못 본 체하던 아저씨였다.
"수학 공부하러요."
"몇 살이냐?"
"열여섯 살이요."
"새를 보는 것 말이야. 걱정하지 마라. 넌 어리니까 그런 새를 볼 수도 있어."
"새를 보는 게 왜 걱정할 일인 거예요?"
"너만 그 새를 보기 때문이지."
"아저씨도 그 새를 보잖아요."
"너 같은 애들은 레고 조각에 대고 말을 걸거나 보자기를 목에 달고 바위에서 뛰어내리기도 하잖니."
"그러고 노는 중학생이 어디 있어요?"
내가 웃자, 아저씨가 눈썹을 꿈틀거렸다.
"너 같은 어린애라면 얼마든지 상상 속의 친구를 만날 수 있지."
"전 어린애가 아니에요."
"어른도 아니지."
아저씨가 또 눈썹을 꿈틀거렸다.
"나는 어쨌든, 어른이야. 어른은 인형하고 말하거나 상상 속의 동물을 봐선 안 되거든. 그런 건 아주 골치 아픈 거야."

"흰 새는 진짜 있잖아요. 만약 우리가 상상 속의 새를 보는 거라면 어떻게 똑같은 모습일 수 있죠?"

아저씨는 내 질문에 답하는 대신 한숨을 길게 뱉었다.

그때 운전기사가 다시 버스에 올랐다.

"어디가 문제인지 도무지 모르겠어요. 오래 걸릴 것 같으니 먼저 가셔야겠어요. 여길 넘어가시면 작은 식당이 하나 나오거든요. 그 식당을 끼고 오른쪽으로 돌면 버스 정류장이고요. 이럴 줄 알았으면 이 길로 오는 게 아니었는데, 죄송합니다."

아저씨와 나는 버스에서 내려 함께 숲길을 걸었다. 아저씨는 커다란 가방 두 개를 들고 있었다. 가방 안에는 차곡차곡 접은 신문지가 가득 들어 있었다.

"폐지 모으세요?"

"폐지라니. 아주 중요한 신문들이야."

"특별한 기사가 실려 있나요?"

"평범한 기사들로 가득하지. 정상적인 어른이라면 지금 정치판이 돌아가는 상황도 알아야 하는 거야. 요즘 사람들이 제일 많이 읽는 책이 뭔지도 알아야 하고 말이야. 그런 얘기를 못 알아들으면 사람들과 어울릴 수 없어. 게다가 나처럼 크고 흰 새 같은 걸 보는 인간은 반드시 신문을 읽어야 해. 하나도 빠짐없이 읽어야 해. 매일 읽어야 하지."

쉬지 않고 말을 이어 가던 아저씨는 멈춰 서서 가방 안을 뒤적거렸다.

"지난주에 내가 뭘 찾았는지 알아?"

"뭔데요?"

아저씨는 곱게 접은 신문지 한 장을 꺼냈다.

"여기 봐라, 무려 두 줄이나 띄어쓰기가 안 되어 있어. 이건 정말 재미있는 일이지."

"뭐 그럴 수도 있죠."

"아니야, 신문을 만드는 기자들은 똑똑할 텐데 이런 실수를 한다는 건 일종의 암호거나, 아니면 신문을 만드는 사람들도 때론 아주 바보 같다는 걸 의미해. 나처럼 크고 흰 새를 보는 사람도 이런 실수를 알아낼 수 있다는 게 통쾌하지 않니?"

언덕 꼭대기에 올라왔을 때 아저씨와 나는 더 이상 걸을 힘이 없었다. 우리는 젖은 바위 위에 앉았다.

"물 드려요?"

"물은 나도 있어. 나는 비스킷도 조금 있다."

아저씨는 점퍼 안주머니에서 구깃한 기름종이에 싸인 비스킷 뭉치를 꺼내더니 한 조각을 건넸다. 배는 고팠지만 내키지 않았다.

"처음엔 누구나 그래. 쓰레기통을 뒤져서 남은 음식을 발견하는 것을 기뻐하지 않지. 나도 그 새를 보기 전까지는 그런 사람이었지."

아저씨는 때 묻은 손으로 비스킷 조각을 잡고 한입 베어 물었다.

"그 새에 대해 누군가에게 말한 적 있니?"

"아빠요. 아빠는 새가 중요하지 않다고 했어요."

"스무 살만 넘어도 네가 그런 말을 하면 사람들은 너를 미쳤다고 할 거다. 새를 보는 것 때문에 직장에서 쫓겨났다. 직장에선 내가 새를 보는 것 때문에 내가 하는 일들도 믿을 수 없다고 했어. 아내도 친구들도 떠났고 친척들과도 연락이 닿지 않아."

"우리가 새를 보는 건 사실이잖아요."

"더 먹고 싶지만 남겨 둬야 해."

아저씨는 남은 비스킷 조각을 소중한 것을 다루듯 다시 기름종이에 쌌다.

"이런 건 아주 소중하게, 잘 정리해 둬야 해. 보기에도 좋게. 그래야 사람들이 쓰레기라고 생각하지 않거든. 봐라, 이것들은 아주 정성스럽게 나만의 방법대로 접혀 있어."

아저씨 말대로 신문은 반듯하게 접혀 있었다.

"우리가 새를 보는 걸 누구에게도 말해선 안 돼. 어차피 그걸 말하지 않아도 상관없지 않니? 나는 이제 새에 관해선 절대 아무에게도 말하지 않아. 너도 새에 관해서는 아무 말도 하지 말고 살아라."

경적 소리가 울려 뒤를 돌아보니 우리가 탔던 버스였다. 운전기사는 우리에게 손짓을 했다.

"이렇게 금방 고칠 줄 알았으면 잠시 기다리시라고 했을 텐데, 죄송합니다."

아저씨와 나는 말없이 각자 늘 앉던 자리로 가서 앉았다. 나는 아저씨의 목덜미를 보며 아빠의 뒷모습을 생각했다. 운전 중인 아빠의 뒷모습은 언제나 평화로웠다. 아빠는 가끔 노래를 흥얼거리기도 했고 백미러를 통해 나를 보며 웃어 주기도 했다.

버스가 출발하자 다시 잠이 쏟아지기 시작했다. 그런데 왜 내 방에서는 편히 누워 잘 수 없는 걸까?

집에 와서 씻은 후부터 오한이 났다. 따뜻한 국을 조금 먹고 싶었지만 나는 시리얼에 우유를 부어 식탁에 앉았다.

"잘했고?"

방에서 아빠의 목소리가 들려왔다.

나는 시리얼을 씹어 대기만 했다.

"평가 결과는?"

나는 시리얼이 얼마 떠 있지 않은 우유를 단숨에 마셔 버렸다.

몸이 떨려 왔다.

"이번엔 틀린 문제 없지?"

내가 대답이 없자 아빠가 방에서 나왔다.

그때 새가 나타났다. 크고 흰 새가 천천히 우리 집 거실을 거

널었다. 부드러운 담요처럼 흘러내린 날개 한 쌍이 거실 바닥에 길게 끌렸다.

나는 두 손으로 머리를 받치고 고개를 숙였다.

"또 머리 아프니? 곧 시험 기간인데 아프면 어떡해?"

아빠는 두통약 한 알과 물을 내 앞에 두었다.

나는 식탁 위에 엎드린 채 고개를 돌려 새를 보았다. 흰 새가 천천히 날갯짓을 하자 부드러운 바람이 불어왔다. 몸을 감싸고 있던 한기가 가셨다.

"조금 살 것 같다."

감기는 눈꺼풀을 당겨 올리며 내가 말했다.

"10분만 엎드려 있다가 일어나. 공부해야지."

방으로 들어가며 아빠가 말했다.

"우리 집에 흰 새가 왔네요."

아빠가 고개를 돌려 나를 보았다.

"요즘 왜 이러니. 중요한 때야."

딱 하루만 아무것도 하지 않고 푹 자도 될까요, 라고 말하려는 순간 어느새 다가온 흰 새의 날개가 떨고 있는 내 몸을 덮어 주었다. 어떤 소리도 들리지 않았고, 아무것도 보이지 않았다. 나는 깊이 잠들어 버렸다.

학교 갈 준비를 마치고 주방으로 나온 나는 냉동실에서 얼린

식빵을 꺼냈다. 그때 안방에서 나온 세빈이가 내 귀에 대고 속삭였다.

"아빠 화났어. 오빠 수학 학원 선생님이랑 문자했거든."

봉지 안의 식빵들은 얼어서 서로 달라붙어 있었다. 나는 잼 바르는 나이프로 언 빵을 떼어 냈다. 한 조각은 부서지고 한 조각은 온전하게 떨어졌다. 온전한 식빵 한 조각을 토스터에 넣었다.

아빠가 미간을 찌푸리고 방에서 나왔다.

"동준이 너, 자꾸 같은 문제 실수할래?"

"잘할게요."

"지금 고양시 애들 중 만점자가 몇인지 알아?"

아빠는 식탁을 두드리며 물었다.

"몇 명인지 알 게 뭐야?"

세빈이가 말했다.

"알고 있어요."

내가 힘없이 대답했다.

"알고말고요."

세빈이가 내 말을 따라 했다. 아빠는 세빈이를 보며 인상을 썼다.

"너, 어제 학원에서도 크고 흰 새가 어쩌고 했다며?"

그때 토스터에서 다 구워진 식빵이 튀어 올랐다.

"깜짝이야."

아빠가 몸을 움츠리자 세빈이가 웃음을 터뜨렸다.

"그 새가 학원 화단에 있었거든요. 큰 날개가 화단의 나무를 덮고 있었어요."

"그렇게 큰 새가 어디 있다고 그래. 그리고 새가 있든 말든 그게 너랑 무슨 상관이야?"

아빠가 말했다.

"당연히 상관있지요."

세빈이가 대답했다.

"세빈이 너, 조용히 안 해?"

아빠가 목소리를 높였다. 세빈이는 아랑곳하지 않고 다 구워진 빵을 손에 쥐고 날갯짓을 하며 거실로 뛰어갔다.

4월이 되니 점심 급식 후 아이들은 대부분 운동장으로 나갔다. 교실엔 책상에 고개를 묻고 잠든 애들 몇만 남아 있었다.

나는 자리에 앉아 영어 문제집을 펼쳤다. 목요일은 집으로 영어 과외 선생님이 오는 날이다. 일주일치 문제가 밀려 버렸다.

"미루는 습관이 가장 나쁜 습관이야."

나는 아빠 목소리를 흉내 내서 중얼거려 보다가 영어 문제집을 덮고 수학 문제집을 꺼내 문제를 풀어 나갔다. 눈이 아프고 손에 쥔 연필이 무겁게 느껴지다가 곧 졸음이 쏟아졌다. 열린 창문으로 하얀 커튼이 몇 번 펄럭이더니 창밖에 날고 있는 흰 새가 보였다.

나는 창가로 다가갔다. 한동안 넋을 놓고 새를 바라보던 나는 운동장을 뛰어다니는 아이들 틈에 가만히 서 있는 유은이를 발견했다.

유은이는 고개를 들어 새를 바라보고 있었다. 평온한 표정이었다. 유은이가 새를 향해 기지개를 켜듯 두 팔을 뻗자 흰 새가 유은이에게로 날아왔다. 그리고 순식간에 유은이가 보이지 않았다.

나는 눈을 감고 손바닥으로 두 눈을 잠시 누른 뒤 손을 떼고 유은이가 있던 자리를 보았다. 유은이는 사라지고 그 자리에 그 새가 날개를 접고 앉아 있었다. 그때 누군가가 찬 공이 흰 새 쪽으로 힘차게 날아왔지만 공은 벤치 등받이에 맞았다가 아이들 쪽으로 가볍게 튕겨 나갔다.

나는 꼼짝하지 않고 흰 새를 지켜보았다. 곧 수업 준비 종이 울렸고 운동장에서 뛰어놀던 아이들이 건물로 들어왔다. 흰 새는 몇 번 날갯짓을 하더니 운동장 위로 날아올랐다. 다시 그 자리에 유은이가 보였다. 이번엔 유은이가 나를 발견했는지 환하게 웃으며 손을 흔들었다. 나는 조심스레 커튼 뒤로 몸을 숨겼다가 다시 창밖을 보았다. 운동장은 텅 비어 있었다.

중간고사 기간이 되자 아빠는 집 앞 독서실에 등록해 주었다. 집에서는 세빈이가 자꾸 내게 말을 건다는 이유 때문이었다. 세빈이는 종이 인형을 만들어도 내게 보여 주고 싶어 했고, 팔뚝에서 못 보던 점을 발견하거나 손톱이 조금 부스러져도 내게 보여 주려 했다. 내가 방문을 잠그고 공부하고 있으면 방문에 만화를 그린 종이를 붙여 놓곤 했다. 세빈이와 놀아 주고 싶을 때가 종종 있었지만 나는 그럴 수 없었다.

독서실 건물로 들어가는데 닫히고 있는 엘리베이터 안에 유은이가 보였다.

"김유은!"

나도 모르게 달려가며 유은이를 불렀다. 유은이가 버튼을 눌렀는지, 엘리베이터가 열렸다.

"동준아, 잘 지내지?"

"그냥 그래."

"공부 힘들지?"

유은이가 말했다. 누군가 내게 공부가 힘드냐고 물어본 것은 처음이었다. 언제나 성적이 좋은 내게 아무도 공부가 힘드냐고 물어본 적이 없다.

"그렇지 뭐. 너는?"

"원래, 열심히 하는 애나 힘들지."

유은이가 웃었다.

"유하한테 빌리고 못 돌려준 책 있는데 다음에 줄게."

나는 순간 내가 한 말을 후회했다.

"미안해."

3층에서 엘리베이터가 열렸다. 중화반점 직원이 수레에 중국 음식을 잔뜩 싣고 올라타며 당구장이 있는 5층을 눌렀다.

5층 당구장에서 엘리베이터가 멈추고 중화반점 직원이 내릴 때까지 유은이와 나는 아무 말도 하지 않았다.

"너, 흰 새 봤지?"

"응."

유은이는 조금도 망설이지 않고 대답했다. 웃으며 고개까지 끄덕였다.

"넌 걱정 안 돼?"

"유하는 어릴 때부터 흰 새를 봤어. 그때 나도 흰 새 보고 싶었거든……."

"유하도 새를 봤어?"

"나처럼 좋아했어. 흰 새를 볼 수 있어서. 동준아, 난 유하 걱정 안 해. 잘 있을 거라는 걸 알아."

엘리베이터가 10층 독서실에서 멈췄다.

"그 책 꼭 줘."

유은이가 엘리베이터에서 내리며 말했다.

아빠는 내 중간고사 결과 때문에 며칠 기분이 좋지 않았다. 다른 과목도 아니고 수학에서 두 문제나 틀렸기 때문이다. 저녁을 먹으려고 식탁에 앉은 내게 아빠는 쉬지 않고 잔소리를 퍼부었다.

“어떻게 두 문제나 틀려. 한 번도 이런 적 없잖아. 너도 유하처럼 되고 싶어?”

“유하 얘기 하지 마요.”

“수학을 놓치면 아무것도 안 돼. 정신 차려.”

아빠는 내가 숟가락을 들 틈도 주지 않았다.

세빈이가 햄 한 조각을 내 밥 위에 얹어 주었다.

“아빠, 난 수학 75점이야. 여섯 문제 틀렸어.”

세빈이가 말했다.

“착하고 똑똑하던 아들이 요즘 왜 이렇게 속을 썩이니. 가슴이 다 타들어 가는 것 같아.”

아빠는 긴 한숨을 내뿜고 물 한 잔을 마신 뒤 내 손에 숟가락을 쥐여 주었다.

“어서 먹고 독서실에 공부하러 가.”

아빠가 말했다.

“아빠, 나 사실 75점이 아니고 70점이야. 나도 혼내 줘.”

세빈이가 말했다.

나는 고개를 숙이고 밥을 한술 떴다. 숟가락을 들어 올리자 세빈이가 올려 준 네모난 햄 조각이 식탁 위로 또르르 굴러떨어졌다. 세빈이가 그걸 보고 웃었다.

나는 어딜 가든 새를 보았다.

1교시가 끝나고 집에서 가져온 책을 가방에서 꺼냈다. 유은이는 교실 뒤 창가에서 여자애들과 웃으며 이야기를 나누고 있었다. 나는 책을 유은이 책상에 두었다.

쉬는 시간이 끝나고 수학 수업이 시작돼도 선생님이 들어오지 않자 아이들은 조금씩 떠들기 시작했다. 머리가 무거워지는 것 같아서 나는 두 손으로 머리를 받쳤다.

"동준아, 나 이 문제 좀 설명해 줘. 풀이 과정을 봐도 이해가 안 돼. 계속 같은 오답이 나와."

내 짝이 문제집과 연습장을 내 앞으로 내밀었다.

나는 아무 말도 하지 않고 연습장에 문제를 풀어 주었다. 연필을 쥔 손이 자꾸만 떨려 왔다. 손가락부터 온몸이 잠들어 가는 것처럼 무거워졌다.

"아, 내가 여기서 잘못 풀었구나. 왜 난 이걸 몰랐지? 정답은 1이 아니라 0! 넌 역시 정답이 딱 나오네."

선생님이 들어오자 교실은 순식간에 조용해졌다. 선생님이 칠판에 문제 풀이를 시작했다. 내가 잘 아는 문제, 이미 오래전에 풀었던, 단 한 번도 틀려 본 적 없는 문제였다. 실수만 하지 않으면 되는.

멍하니 칠판을 보고 있을 때 선생님의 책상 위로 크고 흰 새가 날아왔다. 새는 나를 보았고 나는 새를 보았다. 깃털 틈에 숨은 은빛 눈동자들이 반짝였다. 나는 그 모든 눈동자들과 눈을 맞춘 뒤 가만히 눈을 감았다.

내가 팔을 베고 책상에 엎드리자 흰 새가 날개로 나를 감쌌다.

수학 선생님의 목소리가 아득하게 들려왔다.

'괜찮아, 잠시 후 일어나면 돼. 선생님, 조금만 누워 있을게요.'

나는 잠이 드는 대로 몸을 내버려 두었다.

"동준이 어디 갔니?"

선생님이 나를 찾았다.

"방금까지 자리에 있었는데요."

짝의 목소리가 멀리서 들려왔다.

희고 큰 새는 날개로 내 몸을 포근하게 눌러 주었다. 굳어 있던 몸이 부드러워지기 시작했다. 나는 날개 아래에서 잠이 들었다.

나지 않는 냄새

아무 냄새도 나지 않았다. 나는 열린 창 앞에서 다시 숨을 들이마셨다. 다시 내쉬고, 이번엔 더 깊이 가슴을 부풀려서.

"유리야, 괜찮아?"

엄마가 다가와서 커튼 끈을 묶어 주며 말했다.

"응."

"조금 더 자라면 그, 나지 않는 냄새는 사라질 거야."

엄마가 내 등을 한번 쓸어 주고 방을 나갔다.

사람들은 이 동네 십 대들만 맡는 냄새를 '나지 않는 냄새'라고 부른다. 대부분 15세 전후로 냄새를 맡기 시작했는데 17세가 되어도 냄새를 맡지 못하는 아이는 내가 알기론 나뿐이다.

처음 시작된 날을 나는 또렷하게 기억한다.

중학교 2학년 여름방학 마지막 날 밤이었다. 빌라 주인 말로는 눈에 띄기 싫어하는 가족들이라 밤에 이사를 할 거라고 했으나 우리 가족은 자정이 넘은 시간에 이사를 온 이웃을 이해하기 어려웠다. 무겁고 둔탁한 소리, 거대한 밧줄을 내리치는 것 같은 소리가 날 때마다 우리 가족은 천장을 보았다. 게다가 알 수 없는 역겨운 냄새 때문에 나는 구역질이 났고, 화장실로 달려가 변기에 구토까지 했다.

아침이 되자 윗집은 아무도 이사 오지 않은 빈집처럼 조용했다.

다음 날, 새 학기 첫 점심시간 급식실 앞에 줄을 서 있던 우리 반 아이들이 모두 비슷한 표정으로 숨을 들이켜며 떠들어 댔다.

"오늘 설탕시럽이 발린 과일을 후식으로 주나?"

"아이스크림 통을 열었을 때 나는 냄새가 나."

"솜사탕 냄새야. 그걸 후식으로 줄 리는 없지만."

"맞아, 솜사탕 냄새."

누군가 솜사탕을 말하는 순간 모두 솜사탕 냄새가 맞다고 입을 모았다.

"배추된장국 냄새랑 깍두기 냄새 같은데?"

내가 말했다.

나는 아이들이 장난을 치는 거라고 생각하지 않았지만 나만 그 냄새를 맡지 못한다고도 생각하지 않았다. 평소 내 후각은 예민하고도 정확한 편이어서 단지 나는 전날 밤 구토 때문에 달콤한 냄새를 맡지 못하는 것인 줄로만 알았다.

"그런 냄새도 난다고?"

내 앞줄에 서 있던 애가 나를 돌아보며 말했는데 진심으로 놀란 표정 같았다.

식판에 음식을 받을 때에야 그날의 메뉴는 내가 말한 대로 배추된장국과 시큼한 깍두기, 그리고 두부부침과 요구르트 한 병이라는 걸 확인했다. 하지만 아이들은 밥을 먹는 내내 어디선가 솜사탕 냄새가 난다고 했고 교실에 올라와서도 솜사탕 냄새가 난다고 했고 심지어 집으로 돌아가서도 그 냄새에서 벗어날 수 없었다고 했다. 그렇게 2년이 흐른 지금까지 내 또래의 아이들은 계속 그 냄새를 맡는다. 오직 나를 빼고.

처음 얼마간은 구역감이나 식욕 감퇴를 호소하는 아이들 때문에 시에서 조사를 나오기도 했지만 헛수고였다. 증상만 있을 뿐 원인은 그 어디서도 발견되지 않았기 때문이다. 이 일이 이 지역 아이들, 그것도 특정 연령의 아이들에게만 일어나고 있다는 점 때문에 우리들이 마시는 물이나 음식이 첫 번째 검사 대상이 되었지만 아무 소용이 없었다.

나지 않는 냄새를 맡는 것 외에 우리 동네 내 또래 어느 누구도 다른 이상 증세를 보이지 않았다. 이 냄새를 모르는 어른들에겐 우리에게 아무 일도 일어나지 않은 거나 마찬가지였다.

단짝인 혜지와 나는 수업이 끝나고 사진부 과제를 하러 공원으로 갔다. 벚꽃이 피기 시작한 공원 입구에 멈춰 선 혜지가 녹차가 든 물병을 꺼내 들었다.

"매일 같은 냄새를 맡다 보면 그 냄새를 맡고 있다는 사실을 잊어야 정상이잖아?"

혜지가 녹차 우린 물을 마시며 말했다.

"오늘 더 심한가?"

내가 물었다.

"알면서 왜 그래? 늘 심하잖아."

혜지가 전혀 의심 없는 눈빛으로 말했다.

내가 여전히 아이들이 다 맡는 그 냄새, 맡아 본 적 없는 어른들은 나지 않는 냄새라고 부르며, 맡아 본 아이들은 솜사탕 냄새라고 부르는 그 냄새를 맡아 본 적 없다는 것을 아무도 알지 못했다. 보지 않은 것을 설명하는 것은 힘들겠지만 맡지 않은 냄새를 설명하는 것은 어려운 일이 아니었다. 게다가 아이들이 그 냄새에 대해 하는 말이라고는 달콤한 냄새, 솜사탕 냄새, 설탕시럽 냄새, 잼을 졸이는 냄새 등이 전부였으니까.

혜지와 나는 벚꽃을 잘 찍어 보라는 사진부 선생님의 말을 이해할 수 없었다. 벚꽃은 어떻게 찍어도 벚꽃이었고 동작을 하는 사물도 아니었기 때문이다.

"아마 운동장 구석의 벚나무나 아파트 단지의 벚나무나 우리가 찍으려는 공원 벚나무나 같을 거야. 벚꽃으로 유명한 거리에 가 봤자 똑같을 테고."

혜지가 벚꽃을 찍으며 말했다.

"흩날리는 거 찍을까?"

내가 말하자 혜지는 손을 뻗으면 닿을 곳의 벚나무 줄기를 잡고 흔들었다. 간신히 한두 송이 꽃잎이 흩날렸다.

"혜지야, 내가 찍을 준비를 할 테니까 좀 세게 흔들어 봐. 벚꽃이 핀 지 얼마 안 되어서 꽃잎이 잘 떨어지지 않는 것 같아."

"동영상으로 찍어서 화면 캡처할까?"

우린 몇 번 서로 역할을 바꿔 가며 벚나무를 흔들고 사진을 찍었지만 만족할 만한 사진은 나오지 않았다.

결국 그날 혜지는 나무 아래 떨어진 벚꽃잎을, 나는 벚나무 그림자를 사진부 단톡방에 올렸는데 선생님은 우리의 사진이 상징적이라는 평을 남겼고 어쩌면 우리만 맡는 그 냄새 역시 그런 상징일지 모른다는 말도 했다. 나는 그 말을 들으며 솜사탕 냄새를 맡지 못하는 채로 솜사탕 냄새를 맡는 친구들을 보고 있는 내가 벚나무 그림자 같다는 생각을 했다.

집으로 돌아왔을 때 아빠는 낮잠을 자고 있었다. 밤사이 스케치를 해서 벽에 붙여 둔 출력물들을 보니 아빠는 늦은 밤에야 깰 것 같았다.

나는 주방으로 가서 유리병에 든 녹차 물을 배수구로 흘려 보냈다. 냄새가 나기 시작한 뒤 우리 동네 아이들은 너도나도 녹찻잎을 우려낸 물을 좁고 긴 유리병에 넣어 다녔는데 솜사탕 냄새의 역한 기운을 일시적이지만 잠재워 주기 때문이었다. 아주 잠시지만 녹차의 쓰고도 신선한 냄새가 도움이 된다고 했다. 하지만 나는 카페인에 민감해서 녹차를 마시면 심장이 뛰고 자주 소변이 마려워서 그저 가지고 다니기만 할 뿐이었다. 이따금 한두 모금 마실 때가 있었지만 그건 그저 보여 주기 위한 행동이었다.

물병을 씻어서 식기 건조 통에 엎어 두고, 소파에 앉으려고 거실로 나왔을 때 내 콧잔등에 차가운 액체 한 방울이 떨어졌다. 마치 소나기가 쏟아지기 전에 떨어진 빗방울처럼 묵직하고 차가웠는데 손으로 쓸어 보니 빗방울 같은 맑은 감촉이 아닌 끈끈한 느낌이었다.

천장을 올려다보았지만 전등만 있을 뿐 특별한 게 보이지는 않았다. 나는 옆으로 비켜서서 고개를 쳐들고 다시 그곳을 보았다. 아무것도 없었다. 바닥 역시 아무것도 보이지 않았다. 만약 무엇이 흘러내린 거라면 크림색 카펫 위에 얼룩이 보일 텐데 보송보송한 카펫의 털은 어떤 흔적도 없이 결을 따라 잘 누워 있었다. 콧잔등을 닦은 손을 코에 가져다 댔다. 비릿하고도 달콤한 냄새가 스쳤다. 마치 생선 썩은 냄새와 설탕 녹은 냄새가 뒤범벅인 냄새였는데 더 자세히 맡으려는 순간 허공에 흩어져 버렸다. 나는 욕실로 가서 손과 얼굴을 씻었다.

늦게야 깨어난 아빠가 부스스한 머리로 거실에 나왔을 때 나는 감자칩을 먹으며 사진부 단체방에 올라온 벚꽃 사진을 보고 있었다. 아이들은 대부분 필터를 잔뜩 써서 하늘색이 진한 물빛으로 변하고 벚꽃이 분홍으로 물든 사진들을 올렸는데, 최근 우리들 사이에 유행하는 사진 어플 때문이었다. 선생님이 특별한 느낌을 내기 위해 필터를 사용하는 것은 나쁘지 않으나 되도록 있는 그대로가 좋다고 말해도 소용없었다. 필터를 쓰지 않고 올린 나와 혜지의 사진은 상대적으로 초라해 보이기까지 했다.

"휴대폰만 붙잡고 있구나, 또."

"사진부 과제 사진 단톡방에 올리는 거예요."

"아직도 사진부 활동 하는 거야?"

"네, 계속할 거예요."

"사진 잘만 찍던데 사진부에서 뭐 배울 게 더 있어?"

"좋아하는 걸 열심히 해 보라면서요."

"내가 그런 멋진 말을 했어?"

아빠가 웃었다.

"아빠, 천장에서 뭐가 뚝 떨어졌어요. 점액질이었어요."

내가 손으로 액체가 떨어진 자리를 가리켰다.

아빠는 하품을 길게 뱉고는 천장을 유심히 보았다.

"뭐, 그럴 만한 게 보이진 않는데?"

"제 콧잔등에 떨어졌는데 냄새가 나요. 윗집이 이사 올 때 났던 역겨운 냄새와 비슷해요. 그보다는 견딜 만하지만요."

"또 냄새 얘기."

"정말이에요."

"네가 자라면 사라질 냄새야. 사춘기 무렵 초콜릿이나 아이돌 스타에 빠져드는 것과 다를 게 없어. 그 무렵엔 모든 게 민감하게 느껴지니까. 네 엄마는 사춘기 때 이마에 난 여드름 하나 때문에 친구들과 종일 웃었다잖아."

"이건 진짜예요."

"거짓이라고는 안 했어."

그때 엄마가 집으로 돌아왔다.

"무슨 일 있어?"

엄마가 우리 둘을 보며 말했다.

"당신은 뭘 그리 들고 왔어?"

"이게 그 방후면이야. 냄새 차단 마스크."

엄마는 쇼핑백을 내려놓고 백팩을 벗어 소파에 올려 둔 뒤 재킷을 벗으며 방후면 프로젝트의 첫 결과물이 드디어 나왔다고 했다.

아빠와 나는 엄마의 말을 듣다가 엄마가 꺼내 주는 방후면을 써 보았다.

"유리야, 어때? 냄새가 나? 그 나지 않는 냄새 말이야. 솜사탕."

마스크에서 소독약과 라벤더 향이 섞인 듯한 냄새가 났다. 하지만 내가 나지 않는 냄새를 맡지 못한다는 걸 모르는 엄마에게 내 의견은 아무 도움이 안 될 것이었다.

"유리야, 말해 봐. 아주 중요해."

엄마가 말했다.

"잘 모르겠어요."

"잘 모르겠다니. 다른 애들은 그 냄새가 안 난다고 했단 말이야."

"다른 애들이 안 난다고 했으면 됐죠."

나는 대충 둘러대고 휴대폰을 보았다.

선생님이 한 주 동안 매일 하나씩 봄의 냄새를 사진에 담아 보라는 공지를 단톡방에 올렸기 때문이다.

"휴대폰 좀 그만 보고 말해 봐."

엄마가 다가앉았다.

"소독약에다 라벤더를 섞은 냄새가 나는데?"

아빠가 대답했다.

"맞아, 그런 냄새."

나도 말했다.

"당신이 무슨 냄새를 맡건 별로 중요하지 않아. 유리가 하는 말이 중요하다고."

"이미 실험을 다 거쳐서 만든 건데 뭐가 그리 초조해?"

"왜냐하면 설문의 결과가 좋지 않았어. 실은 이 마스크를 쓰고 그 냄새가 나지 않는다고 하는 애들이 40프로밖에 안 됐거든."

나는 휴대폰을 내려 두고 엄마를 보았다. 엄마는 조금 근심스러운 표정이었지만 나는 조금 가슴이 설레었다.

"40프로?"

"그래, 막대한 예산을 들인 거에 비하면 형편없는 결과야. 내가 이 프로젝트의 책임자니 문책이 있을 거야."

"어차피 이 세상에 누구에게나 같은 효과를 내는 물건은 없는 것 같아."

내가 말했다.

"대체 그 냄새라는 게 뭔지 모르겠어. 그게 그러니까 무슨 냄새니?"

아빠가 하품을 섞어 내게 물었다.

"다들 아시잖아요."

나는 서둘러 방으로 들어와 창을 열고 아파트 단지를 내려다보았다. 화단에 꽃들이 드문드문 피어 있었다. 아직은 차가운 바람 때문에 이제 막 피기 시작한 꽃송이들은 마치 나뭇가지에 내려앉은 눈처럼 보이기도 했다.

다음 날 아침 오랜만에 우리 가족은 식탁에 둘러앉아 배달 온 샐러드의 뚜껑을 뜯어내며 윗집 이야기를 했다.

"그런데 윗집에 정말 사람이 살긴 사는 걸까?"

엄마가 문득 고개를 들어 천장을 보며 말했다.

"맞아, 처음 이사 온 날을 빼곤 윗집에서 나는 소리를 들은 적이 없어."

아빠가 오렌지 조각을 한입에 넣으며 말했다.

나는 과일 향이 기분 좋아서 잠시 숨을 들이켰다. 왜 아이들은 이런 달콤한 향을 힘들어하는 걸까 생각하면서.

"나는 새벽에 윗집 현관문 소리를 들은 기억은 나. 아주 가끔이지만."

내가 말했다.

"이젠 이 동네 어른들은 소리도 못 듣게 되어 가는 거 아니야?"

아빠가 딸기를 꼭지째 씹어 삼키는가 싶더니 우물거리며 꼭지를 냅킨 위에 뱉어 냈다.

"그런 농담은 하지도 마. 나지 않는 냄새를 해결하는 것만도 버거워."

엄마가 한숨을 내쉬었다.

"그건 당신 잘못이 아닌걸."

"하지만 작은 해결책이라도 찾는 게 내 몫이니까."

엄마는 원래 구청에서 청소년 상담 관리 일을 하다가 전혀 상관도 없는 이 일의 책임자가 된 것에 대해 한동안 이야기했다.

"집주인 말로는 윗집이 아주 수줍음이 많은 가족이라고 했어. 차라리 잘됐지. 소란을 피웠어 봐. 작업실도 없는 나 같은 예술

가는 어떻게 됐겠어?"

아빠가 말했다.

엄마와 나는 잠시 아빠를 보았는데 아빠가 개 용품 디자인을 하는 것을 예술이라고 말하면 주변에서 비웃는다던 말이 생각나서였다. 우린 아빠의 일이 조금도 웃기지 않았지만 아빠가 말끝마다 자신을 예술가라고 말하는 것은 어느 정도 웃기다고 생각했다.

"하지만 밤에 화장실 물 내리는 소리 한 번 정도는 날 법도 한데. 전에 살던 사람들은 너무 자주 그런 소릴 냈지만."

엄마가 말했다.

지각을 했는데도 교실에 들어섰을 때 빈자리가 두 개나 눈에 띄었고 담임 선생님도 보이지 않았다.

"또 누가 전학 갔어?"

"응. 반장도 다음 달에 이사 간대."

수업이 시작되고 나서도 어쩐지 교실 분위기가 어수선했다.

"넌 언제 전학 가?"

쉬는 시간에 손을 씻고 온 혜지가 내게 물었다.

"난 모르겠어. 엄마가 공무원이니까. 아마 가장 마지막까지 이곳에 남아 있는 학생은 내가 되겠지."

"아니, 내가 이 지역에 마지막 남는 학생이 될지 몰라. 이 동네 집값이 떨어져서 엄마 아빠가 여기 집을 샀잖아. 평생 살 집이라고 하면서. 난 이 끔찍한 냄새에서 벗어날 길이 없을 거야. 나도 이사 가고 싶어."

혜지는 자주 이사 얘길 꺼냈다.

"유리야, 봄이 되니 냄새가 더 역겨워지는 것 같지?"

혜지가 말했고 나는 천천히 고개를 끄덕였다. 혜지가 솜사탕 냄새 때문에 힘들어한다는 것을 이해한다는 의미였다.

이 냄새에 대한 반응은 아이들마다 조금씩 달랐다. 아직 냄새를 맡기 전의 아이들은 막연한 두려움이나 기대를 가지고 있었고 이 냄새를 처음 맡게 된 아이들은 한동안 식욕을 잃고 예민해지거나, 혹은 반대로 폭식을 하거나 나른해졌다. 초기 적응 기간은 대략 두세 달 정도였는데 그 후엔 눈에 띄는 증상은 사라지고 불쾌감만 남았다.

"2년 가까이 원인을 밝혀내지 못했으면 앞으로도 그럴 수 없다는 거 아닐까?"

혜지가 말했다.

"그동안의 추리가 계속 실패했으니 이제 정답이 좁혀진 것인지도 모르지."

내가 말했다. 그건 엄마가 했던 말이다.

혜지는 항균 물티슈 한 장을 꺼내 손바닥을 비벼 닦은 뒤 새 물티슈 한 장을 꺼내 손가락 사이를 닦고 손목까지 닦고 다시 새 물티슈를 꺼내 책상 위를 닦은 후 또 새 물티슈 두 장을 꺼내 내게 내밀었다.

"난 됐어."

내가 거절했지만 혜지가 내 손등 위에 물티슈를 떨어뜨렸다.

"제발 닦아. 내가 찜찜해서 그래."

나는 하는 수 없이 물티슈로 손을 닦았다.

어느 날부터 혜지는 끊임없이 자신은 물론이고 자신 주변의 것들을 항균 물티슈로 닦아 댔다. 필기도구, 노트 겉표지, 가방 손잡이, 물병의 표면, 교실 문손잡이 같은 것들.

"아무리 닦아도 끈끈한 느낌이야."

혜지가 말했다.

달콤한 냄새는 냄새 측정기로 측정이 되지 않았다. 각계 전문가들이 이 지역을 방문했지만 아무도 인상을 찌푸리지 않았다. 그들은 모두 달콤한 냄새를 느끼지 못하는 어른이었기 때문이다. 심지어 집값이 하락하는 것을 염려한 다수의 주민들은 청소년들의 몸 안에서만 일어나는 호르몬 작용이라며 냄새 자체를 부정하거나, 이 냄새로 인해 청소년들이 오히려 생기를 찾았다고 말하기도 했다.

"사실 아이들 말에 의하면 아이스크림 가게를 지날 때 나는 정도의 향기라죠. 조금도 불쾌할 것 없는 좋은 향기 말이에요."

지역구 의원이 뉴스 인터뷰에서 한 말 때문에 며칠 교실이 떠들썩했지만 기온이 내려가거나 비라도 내리면 아이들도 달콤한 냄새에 관대해져서 어느 날 갑자기 냄새가 나기 시작했듯 다시 냄새가 사라질 거란 희망을 가졌다.

수업 후 사진부에 갔을 때 선생님은 교실 불을 끄고 빔 화면을 켰다.

"너희들이 일주일 동안 찍어서 보낸 봄의 냄새에 관한 사진이야. 이번 숙제는 특별히 단톡방으로 받지 않고 메일로 받아서 아마 서로의 작품이 궁금할 거다. 연속된 화면 일곱 장이 지나갈 거야, 매일 한 장씩 찍은. 이름은 그 뒤에 넣었어. 사진을 다 보고 누구 작품인지 추측해 보는 것도 재미있을 것 같아."

사진에 가장 먼저 등장한 건 녹차가 담긴 유리병이었다. 치약과 칫솔, 가글액과 껌, 향수, 향초, 마스크에 이어 가장 마지막 장면은 물에 반 정도 녹아내린 솜사탕 덩어리였다.

"태호요."

혜지가 말하자 아이들이 웃었다.

우리는 그동안 태호가 찍어 온 사진을 많이 보아서 태호가 프레임 안에 사물을 담을 때 언제나 정중앙에 둔다는 것을 알고 있다.

"맞았어. 왜 이렇게 찍었는지 설명해 봐, 태호야."

태호는 솜사탕 냄새를 피하기 위해 자신이 평소 사용하는 도구들일 뿐이라고 대답했다. 마지막에 녹은 솜사탕을 찍은 것은 달콤하지만 더럽혀진 냄새를 표현하려 했다고도 했다.

"자, 이번엔 맞히기 좀 어려울 것 같다."

선생님이 사진을 재생시키자 화면 가득 빈 종이컵이 비쳤다. 나머지 사진들도 모두 화면을 가득 메우고 있었는데 햇살을 받고 있는 큰 바윗덩어리, 수도꼭지에서 쏟아져 내리는 물, 아무것도 담겨 있지 않으나 소중한 것을 담고 있는 듯 모아 오므린 손바닥, 얼음 조각, 스테인리스 냄비 안에서 끓고 있는 물, 한 줌의 쌀알 등이었다.

"정민이요."

"미나."

"은지."

아이들이 이름을 댈 때마다 선생님이 고개를 저었다.

"아니, 나은이야. 나은이가 설명해 봐."

"저는 냄새가 나지 않을 것처럼 느껴지는 사물들을 모았어요. 지금 우리 모두 그 어떤 것에서도 달콤한 냄새를 맡고 있는데 그 냄새는 냄새가 전혀 날 것 같지 않은 사물에서도 강렬하게 뿜어져 나오는 걸 표현하려고요. 어쩌면 우리는 이 냄새의 진원지를 몰라서 이 냄새를 더 싫어하는 것 같기도 했거든요."

아이들이 박수를 쳤다.

혜지는 작아진 막대 사탕, 쏟아진 음료, 길게 늘어진 씹다 만

껌, 아이스크림 컵 안에 든 녹은 아이스크림 등을 찍었는데 달콤한 냄새의 질감으로 봄의 냄새를 표현한 것이라고 했다.

나는 창밖을 바라보는 친구들의 뒷모습을 찍었는데 선생님은 내 사진은 조금 더 노력이 필요했다고 말했다. 냄새를 맡는 것은, 그리고 냄새를 맡지 않는 것은 노력과는 무관한 것이라고 말하고 싶었지만 그러지 않았다.

"우린 환기를 할 수도 없어요. 환기를 해도 하지 않아도 늘 그 냄새가 느껴지니까요. 유리가 찍은 친구들의 뒷모습을 보니 냄새 앞에 무기력한 우리 모습이 생각나요. 어른이 되어도 영원히 이 냄새에서 벗어나지 못할지도 모른다는 생각도 들고요. 우리에게 봄의 냄새는 없어요. 달콤한 냄새 때문에요."

나은이가 말하자 선생님은 고개를 끄덕이며 선생님이 내 사진에 노력하라고 말한 건 실수 같다고 말했다. 아이들은 너도나도 냄새에 관한 이야기를 더 이어 갔다. 어느 날 갑자기 사춘기와 함께 시작된 이 냄새를 맡는 우리 세대는 어느 날 갑자기 이 냄새를 맡지 못하는 어른으로 성장할지도 모른다는 선생님 말을 들으며 나는 내게 사춘기가 찾아오지 않은 걸까 생각했다. 아직 오지 않은 것인지 이미 지난 것인지 혹은 진짜 있는 것인지조차 알 수 없는 것을 기다리고 있는 기분이었고 한편 나만 자라지 않고 있단 생각이 들었다.

체험학습을 다녀온 날 여유롭게 거실을 뒹굴며 과자를 먹고 있다가 무심코 올려다본 천장에서 작은 얼룩을 발견했다. 전등 바로 옆에 아주 작고 흐릿한 얼룩이 맺혀 있었다. 다음 날 아침에는 디자인이 첨가된 방후면 브리핑 때문에 평소보다 더 말끔한 회색 바지 정장을 입고 가방을 멘 채로 거실을 오가던 엄마의 양말이 젖었다.

"여기, 뭔가 흘렀나 본데? 난 바로 나가야 하니 당신이 좀 닦아 줘."

엄마는 양말을 갈아 신으며 말했다. 나는 천장을 올려다보았지만 별다른 변화는 없어 보였다.

토요일 오후 엄마가 운동을 하러 나가고 아빠가 여전히 늦잠을 자고 나는 거실 소파에 누워 사진부 다음 과제인 '비밀'을 주제로 한 사진에 무엇을 찍을지 고민하고 있을 때 분명히, 아주 정확히 무언가 떨어지는 소리를 들었다. 그 소리는 아주 작았지만 또렷했는데 카펫 위에 뒹굴고 있던 빈 접시와 포크 때문이었다. 나는 천천히 고개를 들어 천장을 보았다. 얼룩은 조금 더 넓게 퍼져 있었고 끈끈한 한 줄기의 액체가 이제 막 떨어져 내리고 있었다. 점성이 높고 반투명한 액체였다.

나는 아빠를 깨웠고 천장의 얼룩을 본 아빠와 함께 윗집으로 올라가 벨을 눌렀다. 인기척이 없었다. 문을 두드렸지만 마찬가지였다.

"실례합니다. 아래층이에요."

아빠가 말했다. 아주 작은 소리라도 들리기를 기다리면서.

집 안에선 아무 소리도 나지 않았고 누구도 나오지 않았지만 나는 그 안에 어쩐지 누군가 있는 것처럼 느껴졌다.

"아무도 없는 것 같다. 일단 내려가자."

아빠와 내가 집으로 내려왔을 땐 접시 위에 그 알 수 없는 액체가 넘치기 직전의 상태가 되어 볼록해져 있었고 시큼하면서도 달큼하고 상한 생선과 썩은 과일 향이 뒤섞인 듯한 불쾌한 냄새가 진동했다.

아빠는 서둘러 작은 대야를 가져와 액체가 떨어지는 자리에 두고 빌라 경비 아저씨를 불러왔는데 경비 아저씨는 윗집에서 물이 새는 것 같다고 말했다. 윗집과 연락을 해서 확인을 해야 하는데 자신도 윗집 사람을 본 적이 없다고 했다. 결국 아빠는 집주인에게 연락을 했다.

"별것도 아닌 일로 귀찮게 하지 말라니요? 빌라를 소유하고 세를 받으면 관리도 해야지요. 비싼 월세엔 그 값도 포함된 거예요."

아빠가 전화기에 대고 목소리를 높였다.

그사이에도 액체는 끊임없이 흘러내리고 있었고 천장 벽지에는 어느새 큰 얼룩이 번져 있었다.

"게다가 전등 옆이라 위험하다고요."

그러다가 아빠가 조금 누그러졌는데, 나중에 들어 보니 집주인이 내일 오전까지는 해결해 놓을 테니 하루만 참으라는 말을 했다고 했다.

그날 밤 윗집에선 2년 만에 처음으로 소리가 났다. 둔탁한 것들이 끌리는 소리, 작은 물건들이 떨어지는 소리, 철썩거리는 파도 소리 같은 것이었다. 엄마도 아빠도 나도 이따금 깨어 거실에 나가 액체가 찬 양동이를 갈고 소리가 나는 천장을 바라보다가 새벽에야 간신히 잠이 들었다.

이른 아침 거센 빗소리에 뒤척이고 있을 때 엄마가 내 방으로 들어왔다.

"유리야, 흐르던 액체가 멈췄어."

"엄마, 아침부터 잼이라도 만들어?"

내가 말했다.

"아니, 오늘 아침은 그냥 빵과 우유인데?"

"어느 집에서 잼을 만드나 봐. 달콤한 냄새가 진동을 해. 그런데 생각해 보니 밤새 그랬어."

내 말에 엄마가 몇 번 코를 킁킁대며 고개를 갸웃거렸다.

"너희들은 매일 달콤한 냄새를 느낀다면서."

엄마가 대수롭지 않게 말하고 방을 나갔다.

곧 아빠는 집주인에게서 전화를 받았다. 윗집이 밤에 짐을 정리해서 이사를 가 버렸으니 오늘 오전에 윗집 바닥과 우리 집 천장 누수 공사를 하러 사람을 보낸다는 거였다.

나는 잠이 덜 깬 채 거실에 나가 도배를 하기 전의 천장 얼룩을 휴대폰 카메라로 찍은 뒤 방으로 돌아왔다. 그동안 찍어 둔 얼룩 사진을 합치니 모두 다섯 장이었다. 그때 혜지에게서 카톡이 왔다.

- 너, 비밀 사진 찍었어?

- 모으는 중이야. 넌?

- 난 아직 안 했어. 유리야, 만나서 할래? 오늘 우리 집에 부모님 친구들 모임 있어서 나가 놀려고 하는데.

- 윗집 공사 때문에 좀 시끄럽긴 하겠지만 우리 집에서 놀자. 비도 오니까.

내가 씻고 아침을 먹은 지 얼마 안 되어 혜지가 집에 왔다. 엄마는 운동을 하러 가고 아빠는 잠이 들어 집이 조용했다. 혜지는 가져온 간식을 풀어 놓았다.

"혜지야, 비밀 사진 뭐 찍을 거야?"

"비밀이지."

혜지가 웃으며 말했다.

"넌?"

"나도 비밀이지."

"그런데 우리가 서로에 대해 모르는 게 있을까?"

혜지가 말했다.

그때 벨이 울렸다. 공사를 하러 온 아저씨들이었다. 아빠가 마지못해 일어나 거실로 나왔다.

"다행히도 아랫집 천장까진 안 뜯어도 되겠어요. 윗집 공사하고 아랫집은 간단히 보수하고 도배하면 돼요. 그런데 윗집은 대체 뭐 하던 곳이길래 그 지경인지."

아저씨가 중얼거렸다.

"윗집이 어떤데요?"

"궁금하면 와서 보고."

아저씨가 말했다.

"가 보자."

내 말에 혜지는 고개를 끄덕였는데 아빠는 하품을 하며 잘 다녀오라고만 말했다.

계단을 오르자 냄새가 더 심해졌다.

"윗집에서 나는 냄새였구나."

"무슨 냄새?"

"달콤하고 역겨운 냄새."

"이건 늘 나던 냄새잖아. 그런데 좀 더 강하긴 하네."

"늘 나던 냄새라고?"

"너도 알잖아. 이 냄새."

문을 열어 두고 아저씨들이 공사를 하고 있었다.

"신발 벗지 말고 들어와요. 온통 축축하고 끈적거려요."

그제야 바닥을 보니 점성이 있는 액체로 바닥이 덮여 있었다.

"여기 사람이 살긴 살았어요?"

벽지를 뜯고 있던 아저씨가 물었다.

"네, 저는 본 적 없지만요."

"아니, 이렇게 온 집이 끈적거리는데 어찌 된 거야? 이럴 줄 알았으면 공사비를 더 받았어야 해."

혜지와 나는 거실을 지나 방을 구석구석 돌아보았다. 뼈만 남은 생선 조각들이 여기저기 나뒹굴었고 벽엔 거대한 자국들이 나 있었다.

"이건 사람이 아닌 어떤 큰 짐승의 손자국 같아."

혜지가 중얼거렸다. 나는 사진을 몇 장 찍으며 고개를 끄덕였다.

공사가 끝나고 일요일이 지나자 역겨운 냄새는 차츰 줄어들었다. 월요일 학교에 도착하자 교실은 무척 소란스러웠다.

"신기하지 않아?"

혜지가 말했다.

"뭐가?"

"냄새가 이제 나지 않잖아."

내가 고개를 끄덕였다.

"어제부터 냄새가 덜 나는 것 같더니 오늘 아침부터 그 냄새가 사라졌어."

"아침에 공기를 들이켜며 학교 오는데 몸이 가뿐하더라."

"갑자기 무슨 일일까? 우리가 어른이 된 걸까?"

앞자리에 앉은 아이들이 떠들어 댔다.

"다시 시작되면 어쩌지?"

혜지가 말했다.

"그런 일은 없을 거야."

"어떻게 알아?"

나는 윗집에 살던 냄새의 주인들이 우리 곁을 떠난 것에 대해, 내가 그 냄새 가장 가까이 있었던 것에 대해 말하지 않았다.

몇 아이들이 창가로 가서 숨을 들이마시고 있었다. 더 이상 그 냄새가 나지 않는 걸 확인하는 것 같았다.

여기서 전철로 세 정거장 거리에 있는 동네에서 청소년들이 의문의 달콤한 악취를 맡기 시작했다는 뉴스를 본 건 그날 저녁이었다. 달콤하고 비린 냄새 때문에 아이들이 구역질을 시작했다는.

겨울이 오기 전에

학교를 마치고 나는 인주를 데리러 병설 유치원에 들렀다.

"인주야, 버스 타고 갈래, 전철 타고 갈래?"

"택시 타고 갈래. 인주 다리 아파. 발표회 연습 때문에 장구 쳐서 힘들어."

"여기서 외삼촌네까지 택시비가 얼마나 많이 나오는데 그래?"

"얼마나 나오는데?"

"몰라, 안 타 봐서. 아마 몇만 원 나올 거야. 우리가 가진 돈으로는 중간까지도 못 갈걸."

인주가 한숨을 쉬었다.

"대신 전철 타고 가면 언니가 역에서 인형 뽑기 하나 해 주고 먹을 것도 사 줄게."

"좋아!"

인주는 유치원 가방을 덜그럭거리며 앞서 뛰어가다가 되돌아 뛰어왔다.

"언니, 오늘 클레이 만들기 한 거 가방에 있는데 보여 줄까?"

"미리 힘 빼고 뛰어다니지 마. 만들기 한 건 집에 가서 밤에 보자."

"외삼촌네 가면 용돈 주잖아. 언니는 용돈 받으면 뭐 할 거야?"

"나는 휴대폰 액정을 고치거나 아니면 중고 폰으로 바꿀 거야."

"나 조금만 더 모으면 도로시네 옷가게 장난감 살 수 있어. 생일이랑 추석 때 받은 돈 그대로 있어. 그리고 이제 엄마한테도 용돈 받을 거야."

"엄마가 용돈 준대?"

"응, 하루에 500원. 앞으로 준다고 했어. 내년에 초등학교 1학년 되니까."

나는 웃음이 나왔다. 하루에 500원이면 과자 한 봉지도 살 수 없는 돈이다.

우리 집은 경기도 끝으로 이사 오기 전엔 서울의 한 아파트에 살았다. 아빠가 아파트를 담보로 친구의 빚에 보증을 섰다가 집을 잃던 날 가구 하나 남김없이 빈털터리가 되어 버렸다. 방 두 개짜리 다세대주택으로 이사 온 뒤 인주는 아파트로 가자고 조르곤 했다. 나도 초등학교 6학년이던 그해엔 다시 우리 집으로 가자고도, 지금보다 조금이라도 나은 집으로 이사를 가자고도 졸라 댔지만 중학생이 되고 난 뒤엔 다시 그런 곳으로 이사 가기 어렵다는 것을 알게 되었다. 아빠가 일하는 것으론 모자라서 엄마까지 저녁에 식당 일을 하러 다니고 있고 취미로 배우던 바이올린과 스케이트도 지금은 하지 못한다. 지금 살고 있는 집도 간신히 빚을 내서 온 것이라는 걸 알게 된 뒤 나는 학원에 가지 않겠다고 했다. 내 학원비면 인주와 내가 저녁마다 생선이나 달걀말이 반찬을 먹을 수 있기 때문이다.

"그래도 중3인데, 영어랑 수학을 다 그만두겠다면 어떻게 해? 선생님들도 괜찮다며."

"그냥, 혼자 하면 더 잘할 수 있을 것 같아서."

"그러면 잠깐 그럴까? 일단 그렇게 하다가 네가 다시 학원 다니겠다면 어떻게 해서든 보내 줄게."

"나 혼자도 할 수 있어."

나는 엄마에게 그렇게 말했지만 사실 혼자 어떻게 공부해야 할지도 잘 모르고 공부엔 재능도 없다.

전철 환승역에서 인주는 다리가 아프다며 몇 번 주저앉았지만 나는 인주를 안아 주지 않았다. 교복을 입고 동생을 안고 가긴 힘들기 때문이다. 인주는 뽑기 기계 앞에서 왕새우 인형이 나와야 한다고 중얼거렸지만 동전을 넣고 돌려서 나온 플라스틱 볼에는 고래 인형이 들어 있었다. 인주는 볼을 열지도 않고 입을 내

밀고 뽑기 기계 안의 왕새우 인형을 쳐다보았다.

"언니가 인형 뽑아 줬으니까 다시 걸어야지."

"내가 뽑고 싶은 건 고래가 아니야."

"언니는 약속 지켰어. 어차피 뽑기는 네 마음대로 나오지 않아."

"저번에 싫어하는 인형 나왔으니까, 이번에 좋아하는 거 나올 차례잖아."

"이런 뽑기는 그런 차례가 없어. 어떻게 될지 전혀 모른다고."

인주는 플라스틱 볼 안에 든 고래를 보며 겨우 고개를 끄덕였다.

"언니, 우리 서울로 이사 가면 외삼촌네 갈 때도 가까울 텐데."

"그때도 아주 가깝지는 않았어. 그리고 우린 외삼촌네 자주 가지도 않잖아."

인주는 두 번째 환승 후에 전철 안에서 졸기 시작했다.

처음 환승했을 땐 노약자석에 인주를 앉혔는데 아직 젊고 건강한 것들이 노약자석에 앉았다고 소리를 질러 대는 할아버지 때문에 두 정거장 만에 다시 일어나야 했다. 두 번째 환승 후에는 퇴근하는 사람들로 꽉 차서 서 있기도 비좁았다.

"아이가 어리니 좀 앉혀도 될걸. 여기 앉아요."

배가 볼록 나온 임부복을 입은 아주머니가 옆 사람들이 들으라는 듯 큰 소리로 말하며 자리에서 일어났다.

인주는 다리가 아프다고 내내 칭얼거렸으면서도 나를 올려다 보았다.

“감사합니다. 그러면 아주 잠시만 앉아 있게 할게요.”

“계속 앉아서 가요, 나는 곧 내려요.”

그 말을 듣고서야 인주가 의자에 앉았다.

“언니랑 집에 가니?”

아주머니가 물었다.

“외삼촌 댁에 가요. 우리 외삼촌 작가예요. 『가난한 자들의 춤』이라는 소설 썼어요.”

“어머, 그 책은 나도 샀어. 아직 읽지는 못했지만. 유명한 사람이 외삼촌이구나.”

아주머니의 말을 듣고 사람들이 우리를 흘낏거렸다.

“우리 삼촌 소설은 영화도 있어요.”

“알아, 영화는 봤거든.”

아주머니가 대답했고 내가 인주에게 조용히 하라는 눈짓을 보냈다.

“언니 다리 아프지?”

“난 괜찮아.”

“아까 환승할 때 다리 아프다고 했잖아. 다리 아프고 배고프고 가방도 무겁다고 했잖아. 그러니까 같이 앉아.”

인주가 큰 소리로 말했다.

"됐어. 좁아서 안 돼."

"아냐, 땡겨 앉으면 돼. 저번에도 엄마랑 탔을 때 바짝 땡겨 앉으니까 됐어."

인주가 말하자 옆에서 자는 척하던 사람들이 꿈틀거렸다.

"아냐, 가방은 선반에 얹으면 되고 네가 조용히 가기만 하면 좋겠어. 조용히 가면 언니가 나중에 인형 뽑기 하나 더 해 줄게."

꿈틀거리던 사람들이 안도하는 듯했다.

"언니, 내가 뽑고 싶은 건 왕새우 인형인데."

"조용히 가자."

내 말에 인주는 주머니 속에서 고래 인형을 꺼냈다. 마음에 들지 않는다고 해 놓고도 고래 인형을 쓰다듬거나 뽀뽀를 해 주고 이따금 귓속말을 하며 노는가 싶더니 잠이 들었다.

내가 전철 선반에 책가방을 두고 내렸다는 것을 깨달은 건 인주를 업고 역 밖으로 나온 뒤였다. 역에 도착해서야 내릴 역이라는 것을 깨닫고 허겁지겁 인주의 유치원 가방만 손에 쥐고 인주를 업고 내린 것이다. 나는 화가 나서 업고 있던 인주를 깨우며 내려놓았다. 인주는 비틀거리며 서서 울기부터 했다.

"지금 너 때문에 언니 책가방 잃어버렸다고."

내 말에 인주는 더 크게 울었다.

"그만 울어."

"엄마한테 이를 거야. 언니가 불친절했다고."

"내 가방 잃어버린 거 알면 너도 혼날 텐데."

"언니가 잃어버린 건데 내가 왜 혼나?"

"네가 잠들어서 언니가 너 업고 내리다가 가방을 두고 내렸잖아."

순간 인주가 울음을 멈추고 눈을 크게 떴다.

"왜 미리 안 깨웠어?"

"몰라."

"그러면 언니 때문이지 왜 나 때문이야."

"몰라. 이제 걸어가. 알았지?"

내 말에 인주는 주머니에 넣어 뒀던 고래 인형을 꺼내 눈을 맞추고는 다시 넣었다.

"언니, 나 너무 추워. 배도 너무 고파."

"좀 참아. 외삼촌네 가면 따뜻해. 그리고 맛있는 거 줄 거야."

"추워서 못 걷겠어."

인주는 정말 온몸을 덜덜 떨었다.

"그러니까 왜 잠들었어? 잠들었다 깨면 춥단 말이야."

"내가 잠이 들려고 든 게 아니야. 저절로 그렇게 됐어."

나는 하는 수 없이 인주를 데리고 역 근처에 있는 햄버거 가게로 갔다. 춥다고 떨던 인주는 햄버거 가게 안에 들어가자 어린이 세트를 사면 주는 인형을 구경하느라 들떴다.

“그냥 따뜻한 코코아만 한잔 마시고 갈 거야. 가서 저녁 먹어야지.”

“싫어. 고양이 인형 3번 가질 거야. 여긴 뽑기가 아니라서 가질 수 있어.”

“그러면 시간도 너무 늦고, 가서 저녁도 못 먹어. 언니가 이건 내일 사 줄게.”

“싫어. 우리 동네엔 햄버거 가게 없잖아.”

인주가 또 울기 시작했다.

“우니까 안 사 줘.”

인주가 울음을 그쳤다. 하는 수 없이 나는 어린이 햄버거 세트를 시켜야 했다.

인주는 고양이 인형을 들고 주머니에서 아까 뽑은 인형을 꺼내 들었다.

“안녕? 나는 3번 고양이야. 너는? 응, 나는 뽑기 고래. 반가워. 사이좋게 놀자.”

“인주야, 배 많이 안 고프면 햄버거 그냥 포장해 가자.”

내 말이 끝나기가 무섭게 인주는 포장을 벗기고 햄버거를 베어 무나 싶더니 순식간에 다 먹어 치웠다.

“언니는 배 안 고파?”

다 먹은 뒤에야 인주가 말했다.

"언니는 감자튀김 먹어서 배 안 고파."

"인주도 배 안 고파."

엘리베이터를 타고 외삼촌네 현관문 앞에 내리자 옆집 개들이 짖는 소리가 났다.

외삼촌이 현관문을 열고 우리를 맞았다. 손을 씻고 소파에 앉자 외삼촌이 자몽주스를 가져왔다.

"뭐 타고 왔니?"

"전철이요."

"그래, 요즘 전철이 잘 연결되어 있어서 편하다더라. 나는 전철 안 타 본 지 오래돼서 전철을 타라고 해도 못 탈 것 같아. 그런데 왜 이제야 왔어?"

"학교 끝나고 바로 출발했는데 버스랑 전철이랑 여러 번 갈아탔더니 늦었어요."

"택시 타고 오지 그랬어?"

외삼촌이 말했다.

"택시 타면 비싸대요, 언니가."

"그러면 내가 주지. 다음엔 택시 타고 와."

"전철에서 어떤 아줌마가 외삼촌 책 샀다고 그랬어요."

인주가 말하자 삼촌이 조금 웃었다.

나는 외삼촌과 무슨 말을 해야 할지 몰라서 엄마가 외삼촌의

건강을 걱정하더라는 말을 했고 외삼촌은 수술이 잘되어 조금만 더 쉬면 다시 외출이 가능하다는 말을 했다.

한참 인형을 가지고 놀던 인주에게 삼촌이 물었다.

"우리 인주, 인형은 어디서 났어?"

"고래는 언니가 뽑아 줬어요. 고양이는 오다가 햄버거 세트 먹고 받았어요."

인주가 외삼촌 코앞에 인형을 흔들어 보였다.

"햄버거 먹고 왔어?"

"네, 배불러요. 동주 언니도 배부르대요."

"외삼촌이 너네 오면 맛있는 거 시켜 주려고 했는데, 오늘 외삼촌도 다이어트해야겠다."

나는 배가 고팠지만 말을 하지 못했다. 빈속에 자몽주스를 마시니 속이 쓰렸다. 인주도 주스를 마셨다.

"외삼촌, 주스가 써요."

인주의 말을 듣고 외삼촌이 웃었다.

"직접 짠 거야. 사 먹는 주스엔 설탕이나 과당이 들어 있어서 몸에 안 좋아."

외삼촌은 거실로 쇼핑백을 들고 왔다.

"이거 외삼촌이 캐나다에서 사 온 거야. 입어 보자. 요즘 학생들에게 가장 인기 많은 거래. 너도 알지?"

나는 일어서서 교복 위에 거위털 점퍼를 껴입었다. 어쩐지 좀 작은 듯했다.

"동주야, 재킷 벗고 입어야지."

"아니에요. 다들 교복 위에 입고 다녀요."

"세상에, 네가 이렇게 자랐을 줄 몰랐어. 네가 외삼촌만큼 자랐네. 캐나다에서 산 거라 바꿀 수도 없는데."

"괜찮아요. 잘 입고 다닐게요."

나는 점퍼를 벗어 쇼핑백에 넣었다.

"자, 이번엔 우리 인주."

외삼촌은 다른 쇼핑백에서 인주의 오리털 롱 코트를 꺼냈다. 연한 핑크색 겉감이 반질거리고 모자에 달린 라쿤털이 자잘하게 흔들렸다.

한눈에 보기에도 인주에게 큰 사이즈였지만 인주는 신이 나서 코트를 입었다. 밑단은 발등까지 내려오고 소매는 너무 길어서 손이 나오지 않았다.

"어쩌지? 서양 애들 7세 사이즈로 샀는데, 우리 인주가 많이 작은가?"

"저보다 작은 애도 많아요. 예림이, 정석이, 재우, 은지."

인주는 옷을 입고는 아쉬운 듯이 긴 소매를 바라보았다.

"이 코트는 내년에 입으면 되겠다. 인주야, 다음엔 외삼촌 따라 여행 갈까? 외삼촌이 우리 인주 예쁜 옷도 사 주고."

외삼촌은 다른 쇼핑백에서 털 부츠를 꺼냈다.

"털 부츠 신으면 코트가 좀 경중해지니까 괜찮을 거야. 털 부츠는 발에 잘 맞을 거야. 부츠는 헐렁하게 신어도 되잖니?"

외삼촌이 인주에게 털 부츠를 신겨 주었지만 그 부츠는 인주 발에 쉽게 들어가지 않았다. 인주가 서서 기우뚱거리자 외삼촌은 인주를 앉혀 놓고 다시 부츠를 신겼다.

"아유, 약간 끼네. 올해 간신히 신겠다. 하지만 올 한 해 예쁘게 신으면 되지. 주방까지 걸어갔다가 와 봐."

인주는 긴 코트에 작은 부츠를 신고 거실을 가로질렀다.

"외삼촌, 발이 아파요."

외삼촌은 뭔가 생각하는 듯하더니 인주의 양말을 벗기고 부츠를 신게 했다.

"어때?"

"좀 나아요. 그런데 겨울에 양말도 안 신어요?"

"가까운 데 잠깐씩 갈 땐 양말 안 신어도 돼. 아니면 얇은 양말 신거나. 아니다. 지금 늦은 저녁이잖아. 발이 부어서 그래. 전철 타고 왔으니까 발이 부었나 봐. 내일 되면 맞을 거야. 이거 정말 좋은 가죽으로 만든 부츠야."

외삼촌은 서둘러 말하고는 이번엔 상자에서 운동화를 꺼냈다.

"우리 동주는 발이 금방금방 크니까 한 치수 정도 큰 사이즈로 사 왔어."

외삼촌이 꺼낸 신발은 우리 학교 애들 중에서도 일진 애들만 신는 가장 비싼 운동화였다.

“여기 공기 펌프 때문에 운동할 때 관절에 무리를 주지도 않고 정말 좋대. 땀은 밖으로 나가고 바깥 찬기는 막아 주고.”

외삼촌은 신발 상자에 들어 있는 설명서를 읽은 뒤에야 신발을 내게 내밀었다.

나는 신어 보지 않고도 그 신발이 내게 너무나 크다는 것을 알았지만 외삼촌이 시키는 대로 신발을 신었다. 외삼촌이 실망하지 않도록 신발 끈을 조였다.

“어때? 넉넉하게 잘 맞지? 걸어 봐.”

나는 너무 커서 거치적거리는 운동화를 신고 조심스럽게 거실을 걸었다. 신발은 내후년이 되어도 신지 못할 만큼 지나치게 컸다.

“언니 신발 너무 크다. 아빠 신발 같아.”

인주가 웃으며 말했다.

“좀 넉넉해 보이긴 하는데 겨울엔 두꺼운 양말 신으니까.”

외삼촌이 말했다.

“겨울엔 양말 안 신어도 된다고 외삼촌이 아까 그랬잖아요.”

인주가 외삼촌을 보며 말했다.

외삼촌은 애써 웃으며 인주와 내게 신발을 벗으라는 손짓을 했다. 나는 끈을 풀지 않고도 운동화를 벗을 수 있었고 인주는 쪼그리고 앉아서도 벗겨지지 않아서 내가 간신히 벗겨 주었다. 인주의 이마에 땀이 맺혀 머리카락이 젖었다.

"인주야, 이제 코트도 벗어."

내가 말하자 그제야 인주가 코트를 벗었다.

"자, 이제 뭐 하지? 너희는 저녁도 먹고 왔으니. 외삼촌 혼자 간단히 식사해야겠다."

외삼촌은 우리에게 만화영화를 틀어 주고 주방에서 야채 샐러드를 가지고 왔다. 외삼촌이 먹는 것을 보니 배가 고팠지만 나는 인주와 함께 텔레비전 화면을 보기만 했다.

"외삼촌은 요즘 저녁엔 샐러드만 먹어. 너희도 밤엔 뭐 먹지 마. 피자나 햄버거 같은 것도 먹으면 안 돼. 요즘 치킨도 먹을 게 못 돼. 닭을 조그만 철장에 가둬 놓고 키우고, 사료도 안 좋은 거 먹인 거야."

"그래도 우린 치킨 좋아해요, 외삼촌."

"그러면 외삼촌이 다음에 삼계탕 해 줄게. 아는 분이 농장에서 닭 풀어놓고 키우시거든."

외삼촌이 이야기하는 내내 나는 배가 고팠다. 배에서 소리가 났다. 나는 외삼촌이 소리를 들을까 봐 배를 쿠션으로 가렸다.

"언니, 배에서 꼬르륵 소리가 났어."

"이 시간에 뭐 먹으면 안 좋아."

외삼촌이 말했다.

"엄마는 한창 클 땐 배에서 소리가 날 때마다 밥을 줘야 한다고 했어요."

인주가 말했다.

"그래? 누나가 그렇게 말했으면 그 말이 맞을 거야. 원래 너희 오면 식당에 데려가거나 맛있는 걸 시켜 주려 했는데 시간이 늦었으니까 집에 있는 거 차려 줄게."

잠시 후 외삼촌은 주방으로 우리를 불렀다.

화려한 접시에 피망과 오이와 양상추와 삶은 달걀 반쪽씩이 들어 있었다.

피망과 오이를 싫어하는 인주는 샐러드 위에 놓인 달걀 반쪽을 먹고는 야채엔 손도 대지 않았다. 외삼촌이 방에서 무언가를 찾는 사이 인주에게 내 달걀 반쪽을 주고 나는 배를 채우려고 남은 샐러드를 먹었다.

잠시 후 주방에 온 외삼촌은 우리가 샐러드를 다 먹어 치운 것을 보고 흡족해했다.

"너희 겨울방학 하면 외삼촌이랑 여행 가자. 외삼촌 올 겨울에 여행 갈 거야."

"저는 방학 때 공부해야 해서요. 동아리에서 영화 만들기도 하고요."

"그러면 우리 인주만 외삼촌 따라갈까?"

"엄마나 언니가 같이 가면 나도 가는데……."

인주는 혼자서는 외삼촌을 따라가고 싶지 않은 눈치였다.

"너희 아빠 연락은 되니?"

갑자기 외삼촌이 말했다.

"가끔 전화 와요."

인주가 대답했다.

"엄마가 돈 벌며 너희들 돌보려면 힘들 텐데 그때까지만 외삼촌네 집에 와서 학교 다닐래? 여기 학원 다니려고 전국에서 일부러 이사도 오고 그러잖아. 외삼촌이 공부도 시켜 주고 여행도 데리고 다니고."

"그러면 우리 엄마랑 같이요?"

"너희만 와야지. 원래 어른끼리는 같이 살기 좀 그래."

인주가 시무룩해지자 외삼촌은 방으로 가서 다시 쇼핑백을 들고 나왔다.

"너희 이 영양제 아주아주 좋은 거야. 아침저녁으로 꼭 한 알씩 챙겨 먹어. 감기도 안 걸리고 키도 쑥쑥 자란다고 하더라고."

그리고 외삼촌은 쇼핑백에서 작은 벨벳 주머니를 꺼냈다.

"이건, 엄마한테 가져다드려. 자개 귀걸이랑 브로치야. 전시회 갔다가 산 건데, 유명한 예술가가 직접 손으로 만든 거야."

외삼촌은 우리에게 자꾸만 뭘 주겠다며 가지고 나와서 보여 줬다.

"외삼촌, 저희 이제 집에 가야 할 시간이에요."

"자고 가면 안 되겠지?"

"네, 내일 학교 가야 해서요."

"나도 유치원 가요. 장구 연습해야 하거든요."

외삼촌은 우리 말을 듣고는 다시 방으로 갔다. 인주는 외삼촌을 따라 외삼촌 방으로 들어갔다.

"언니, 외삼촌 방 구경해 봐. 신기한 침대 있어."

나는 마지못해 외삼촌 방으로 갔다. 침대 네 기둥이 천장까지 닿아 있고 커튼이 달려 있었다.

"외삼촌 침대 드라마에 나오는 침대 같아요."

"그러면 뭐 하니, 여기서 혼자 자는데."

외삼촌은 자신의 소설이 스페인어로 번역되었다며 우리에게 보여 주었고, 그 소설의 맨 앞장에 인주와 동주를 위하여라는 문장을 썼다는 것도 알려 주었다. 우리가 가려고 일어섰을 때 외삼촌은 우리에게 봉투를 주었는데 그 속엔 삼촌이 손으로 썼다는 편지와 책을 살 수 있는 문화상품권이 여러 장 들어 있었다.

외삼촌은 콜택시를 불러 우리를 태우고 차비를 내 손에 쥐여 주었다.

"인주야, 우리 조금만 가다가 내릴까?"

"외삼촌이 택시비 줬잖아."

"택시 타고 집까지 가면 용돈 못 쓰는데?"

우리가 고민하는 사이 차는 내부순환로를 달리기 시작했다. 차가 조금 막히고 그사이 인주는 잠이 들어 버렸다.

"어디 다녀오니?"

택시 기사가 물었다.

"외삼촌네요."

"외삼촌이 아주 부자시구나. 한국에서 엄청난 부자들만 사는 아파트에 사시네."

택시 기사가 백미러로 우리를 보았다.

"선물도 좋은 거 잔뜩 받고 맛있는 것도 많이 먹고 그랬겠네?"

나는 고개를 끄덕이기만 했다.

고속도로를 빠져나오니 눈발이 날리기 시작했다.

"인주야, 눈 온다."

나는 인주가 깰까 봐 작게 중얼거렸다.

"진짜?"

깊이 잠든 줄 알았던 인주가 일어나서 창밖을 보았다.

나는 내일 학교에 가지고 갈 책가방이 없다는 생각이 그제야 들었다. 교과서와 필통과 공책이 들었는데.

"언니, 나 배고파."

"아깐 배부르다며."

"아깐 배불렀는데 지금 배고파. 배는 갑자기 고파지는 거야, 원래. 집에 가면 엄마한테 라면 끓여 달라고 하자. 지금 가면 엄마 일 끝나고 왔을까?"

시계를 보니 아직 엄마는 돌아오지 않았을 시간이었다.

"언니가 라면 맛있게 끓여 줄게."

내 말에 인주가 손뼉을 치며 좋아했다. 그러자 택시 기사가 말했다.

"첫눈은 제대로 보이지도 않더니 이번 눈발은 끝내주는구나. 노래 한 곡 틀어 줄까?"

어디선가 들어 본 것도 같은 음악이 흘러나오고 눈발은 세어졌다. 인주는 내게 몸을 기대고 잠이 들었다. 나는 외삼촌이 내게 쓴 편지를 꺼내 읽기 시작했다. 편지에는 겨울이 오기 전에 우리와 다시 가고 싶은 산과 우리가 함께 보았던 작은 집에 관해 적혀 있었다.

졸음을 쫓으려고 창밖을 보았다. 세상이 어느새 눈으로 덮여 있었다. 차창에 부딪치는 눈송이들을 멍하니 바라보다가 편지를 마저 읽으려고 고개를 숙였다. 택시가 도시를 빠져나오니 도로의 불빛이 잦아들어서 글씨가 잘 보이지 않았다.

나는 편지지를 빛 쪽으로 비스듬히 기울였다. 그 순간 닫힌 창을 뚫고 편지지 위로 눈이 내려앉았다. 한 송이 두 송이 종이 위에 눈이 닿으며 글자를 지워 갔다. 순식간에 편지지 위로 흰 눈이 가득 쌓였다.

이미 우리에게 겨울이 온 것이다.

나를 기억해?

효주가 말한 것은 손 인사만 주고받은 후 예전처럼 함께 산책로를 달린 후였다.

"미안해 승우야, 1년 만에 연락해서."

"나도 그랬잖아."

"맞아, 너도 그랬으니까."

효주가 웃자 내 마음도 조금 가벼워졌다.

나와 효주는 산책로에서 오랜만에 오리 한 쌍을 발견했다. 그 오리들을 처음 보았던 날들을 이야기하는 사이 우린 사거리에 다다랐다. 편의점과 빵집이 있는 신호등 사거리는 산책로에서 효주네 집으로 가려면 반드시 지나야 하는 곳이었다. 나는 지난 1년간 이 길을 피했지만 오늘은 어쩔 수 없었다. 소라와 함께 담배를 피우던 편의점 골목 쪽에 누군가 서서 우리를 바라보는 듯

했지만 나는 크게 신경 쓰지 않고 지나쳤다.

효주의 집 앞에 이르자 우린 다음 산책 날짜를 잡고 바로 헤어졌다. 그리고 길을 되돌아오며 그 목소리를 듣기 전까지 나는 그 어두운 골목에 서 있던 이가 내게 말을 걸어올 거라는 생각을 조금도 하지 못했다.

"승우야, 나야."

소라가 있었다. 우리가 늘 담배를 피우던 편의점 뒷골목에, 흰 스니커즈 뒤축을 꺾어 신고.

효주를 알기 전까지 소라와 나는 단짝이었다. 우린 틈만 나면 어두운 편의점 뒷골목이나 산책로 다리 밑에서 이어폰을 나눠 끼고 담배를 피웠다.

"승우야, 라이터 있어?"

담배 한 개비를 내게 들어 보이며 소라가 말했다.

나는 숨을 고르며 소라를 보았다. 손과 이마에 땀이 배었다.

"끊었어, 난."

"한번 시작하면 못 끊어."

"안 피우면 끊는 거지."

"그냥 참는 것뿐이야. 넌 담배를 피우려고 새벽에 우리 집에 찾아온 적도 있었잖아."

"지금은 안 그래."

내가 중얼거렸다.

"난 계속 이걸 들고 다녀."

소라는 담배를 들어 보였다.

"그래, 넌 계속 담배를……."

"오랜만인데 넌 인사도 없네?"

소라가 웃었다.

"그래, 오랜만이야."

소라가 두 손을 골반에 대고 몸을 두어 번 비틀었다. 장난스러운 몸짓이었다. 순간 나는 담배가 피우고 싶어졌다. 온몸의 피가 빨리 도는 느낌이었다. 하지만 나는 제자리에 서서 마른침만 삼키며 소라를 보았다.

"승우야, 난 가수가 되면 매주 암벽등반을 할 거야. 그리고 종교도 하나 가질 거고."

"그래, 넌……."

나는 천천히 몸을 틀어 사거리를 보았다. 사거리만 건너면 우리 아파트 단지다. 신호가 바뀌면 대각선 횡단보도를 건널 수 있을 테고, 그러고 조금만 걸으면 버스 정류장이 나오고 버스 정류장 옆으로 아파트 쪽문이 있다.

"벌써 가려고?"

소라가 말했다.

고개를 끄덕인 뒤 나는 반팔 티셔츠 소매를 잡아당겨 이마의 땀을 닦았다. 그때 사거리 신호등이 바뀌는 신호음이 들렸고 나는 뒤도 돌아보지 않고 달려 버렸다. 어차피 이 동네는 신호등이 필요 없는 동네다. 차가 다니지도 않고 사람도 얼마 없으니까.

현관문을 열고 집에 들어오자 다리가 풀린 나는 그 자리에 주저앉아 버렸다. 심장이 터질 듯 뛰었다.

"효주는 잘 만났어? 그런데 왜 거기 앉아 있어? 어디 아프니?"

인기척을 듣고 나온 이모가 현관에 기대앉은 나를 보고 물었다.

"이모, 오다가……."

"무슨 일 있었어?"

나는 이모에게 이야기를 하려다가 멈추고 몸을 일으켰다.

"달리기를 세게 했더니 숨이 가빠서요. 괜찮아요."

나는 몸을 일으키며 둘러댔다.

"그동안 효주랑 통 연락 안 하고 지낸 거야?"

"학교에선 종종 마주쳤지만……."

"그 정도면 충분해. 둘 다 고생 많았어. 다 잊어도 돼."

나는 고개를 끄덕이거나 어떤 말을 하는 대신 방으로 들어갔다.

그날 밤 꿈속에서 소라는 내게 담배를 쥐여 주었다. 나는 소라가 준 담배를 입에 물었다. 하지만 우리에겐 불이 없었다. 소라와 나는 편의점으로 들어갔고 그곳에서 라이터를 샀고 골목에서 담배에 불을 붙였다. 하지만 라이터는 말을 듣지 않았다. 불꽃이 튀어 오르는가 싶다가 잦아들기를 반복했다. 불꽃에라도 불을 붙여 보려고 담배를 계속 빨던 나는 담뱃불이 붙는 순간 꿈에서 깨어나 버렸다. 담배 연기 냄새가 베개 언저리에서 피어오르는 것 같았다.

소라에게 배워 담배를 피우기 시작한 뒤 나는 늘 담배 피울 장소를 찾아 헤맸다. 소라는 담배와 컵라면과 술이 가득한 작은 빌라 지하에서 성년이 지난 오빠와 둘이 살고 있었다. 소라의 오빠는 청소년이 구할 수 없는 것들을 집에 사다 놓고 웃돈을 얹어 비싸게 팔곤 했는데 그중 하나가 담배였다. 담배를 끊은 지 1년이나 지났는데 왜 담배 피우는 꿈을 꾼 것일까.

다음 날도 산책로에서 가벼운 달리기 후 효주를 집 앞까지 바래다주었다. 다른 길로 돌아가고 싶었지만 어쩔 수 없이 편의점 사거리 길을 지나야 했다. 효주가 발목을 삐었는지 약간 절었기 때문이다. 그리고 집으로 돌아오는 길에도 장미빌라 앞을 지났다. 장미빌라 담벼락에 피어 있는 붉은 들장미에 눈길을 주지 않고 걷던 나는 사거리 편의점 골목, 장미마을이 끝나는 지점을 앞두고 달리기 시작했다. 편의점 골목에서 담배를 들고 서 있는 소라가 언뜻 보였다. 땀이 목을 타고 등과 쇄골로 흘러내렸고 나는 더 급하게 집으로 달렸다. 집에 들어와서도 나는 한동안 숨을 고르지 못했다.

주말이 지나고 산책로에서 효주를 만났을 때 효주는 새 트레이닝복을 입고 있었다.

"난 요즘 아침에 머리가 맑아. 너랑 다시 산책하니까 그런가 봐."

효주가 활짝 웃으며 나를 쳐다보았다. 나는 효주를 보지 않았지만 효주가 웃을 때 어떤지 잘 알고 있었다. 광대가 솟아오르고, 살짝 보조개가 들어가고, 살짝 잇몸이 드러나고, 눈은 반달이 되고, 눈동자는 반짝이겠지.

"승우야, 이것 봐."

나는 그제야 잠깐 효주를 보았다.

"어, 잘 어울린다고 생각했어."

효주가 나를 물끄러미 쳐다보았다.

"너 요즘 나랑 말할 때 왜 눈을 안 봐?"

그때 한 중년 부부가 앞뒤로 과하게 팔을 휘저으며 지나갔다. 효주와 나는 산책로 한쪽으로 잠시 비켜섰다.

내가 다시 걷기 시작하자 효주가 갑자기 내 앞을 막아섰다. 눈동자가 반짝거렸다.

"승우야, 나 실용음악 전공하려고."

효주가 나를 마주 보며 천천히 뒷걸음으로 걷기 시작해서 나도 천천히 걸어야 했다.

"드럼?"

내가 물었다.

"건반. 난 성적이 되니까 조금만 준비하면 될 것 같아."

"그래, 잘하겠지. 넌 건반 실력이 좀 되니까."

내가 말했다.

"좀 된다니, 응? 실력은 내가 아주 많이 되지."

효주가 말했고 내가 웃었다.

걷거나 뛰는 사람들이 우리를 앞질러 지나갔다. 6월의 밤바람이 효주의 짧은 머리카락을 흔들었다. 약간 큰 치수인 듯한 운동복은 효주에게 잘 어울렸다.

내가 효주를 처음 만난 건 2년 전 밴드부 오디션에서였다. 효주는 그날도 자기 몸에 넉넉한 교복을 입고 있었다. 볼 위로 흩어져 있는 옅은 주근깨가 그대로 보였고 그리 크지 않은 눈동자를 반짝거리는 전학생이었다.

"드러머는 이미 한 명 있는데?"

드럼 앞에 서 있는 효주에게 소라가 한 말이었다. 효주는 조금 실망한 눈치였다.

"우린 지금 건반만 필요해. 건반 하던 애 전학 가거든. 혹시 건반 가능해?"

"응, 조금."

효주는 소라와 나를 쳐다본 뒤 건반 앞에 앉았다. 그리고 들어 본 적 없는 곡을 연주했다. 한창 연주가 깊어질 무렵 소라가 연주를 멈추라는 손짓을 했다.

"이게 조금이니?"

소라가 말했다.

"아, 정식으로 한 건 아니라서."

"재수 없다, 너."

소라가 입을 비틀며 말하자 효주가 나를 흘끗 보았었다.

"드럼은 어느 정도야?"

내가 말했다.

효주는 자리를 옮겨 앉아 드럼 연주를 시작했다. 몸에 자연스럽게 밴 리듬감과 천진한 표정이 마음을 움직였다. 자신이 좋아하는 것에 몰입한 모습, 그리고 연주를 할 때마다 찰랑거리는 머리카락. 나는 잠시 넋 나간 사람처럼 멍한 상태가 되었다. 그러는 사이 연주가 끝났는지 효주는 드럼 스틱을 내려놓고 나를 보았다. 그때 우리의 눈동자가 마주쳤고 나는 아주 깊게 한숨을 내쉬어야 했다. 가슴이 뛰는 것을 숨겨야 했기 때문이다. 내 한숨 소리가 얼마나 컸는지 두고두고 효주는 내게 그 순간을 이야기했다.

"또 뭘 좀 하는데?"

소라가 물었다.

"기타를 좀 해."

효주가 세워진 기타를 보며 말했다. 내가 고개를 끄덕여 주자 효주가 기타를 향해 손을 뻗었다.

"됐고. 건반 해. 기타는 있어."

소라가 서둘러 말했다.

"그래도 조금 해 볼까?"

"너 여기 장기자랑하러 왔니?"

그렇게 효주는 조금 늦게 밴드부에 합류했고 나는 효주와 순식간에 가까워졌다. 그러면서 소라와 함께하는 시간이 줄었다. 그건 어쩔 수 없는 일이었다.

산책로 끝엔 다리가 하나 있고 그 다리를 받치고 있는 기둥쯤에서 사람들은 다시 이 길로 돌아오거나 다리 저편 동네로 넘어간다. 그리고 거기에는 오래전부터 오리들이 있었다. 밤에 그 어두운 다리 밑까지 가는 사람은 거의 없지만 효주와 나는 늘 산책로에 가면 오리를 보러 갔고, 오늘도 우린 그 길로 향했다.

"난 6월에 피는 꽃들이 좋아."

효주가 풀숲에 피어 있는 자잘한 꽃들을 보며 말했다. 효주는 뒷걸음으로 천천히 걷고 있었고 그럴 때마다 짧은 효주의 머리카락이 흩어졌다 가라앉기를 반복했다. 다시 가슴이 뛰었다. 효주와 내가 이렇게 눈을 마주 보고 이야기하는 것도. 같이 6월의 꽃들을 보는 것도.

그때 다리 기둥 뒤에 희끄무레한 것이 보였다. 처음엔 산책하는 사람 중 한 명이라고 생각했지만 몇 보 가까워지자 나는 걸음을 멈췄다.

거기, 소라가 서 있었다. 너무 많이 줄여서 몸에 꽉 끼는 교복을 입고, 손에 불붙지 않은 담배를 들고.

나는 재빨리 효주를 잡아끌고 오던 길로 돌아섰다.

"오늘은 이만 돌아가자."

나는 효주의 팔목을 잡은 채 조금 빠르게 걷기 시작했다. 그리고 산책로가 둥글게 휘어진 곳에서부터 효주의 손을 잡고 달리기 시작했다.

"왜?"

말은 그렇게 하면서도 효주는 나를 따라 달렸다.

'뒤돌아보지 마. 소라가 있어.'라고 말할 뻔했지만 숨이 차서 말할 수 없었다. 속도를 내어 달릴수록 소라가 내 어깨를 잡아챌 것 같았다. 소라는 폭이 좁은 교복 스커트를 입고 스니커즈를 구겨 신어도 빨리 달릴 수 있었으니까.

"방금 태지 엄마가 지나가며 우리 손잡고 달리는 거 봤다고."

효주가 손을 빼며 말했다. 우리는 속도를 조금 줄였다.

"태지한테 알려지면 끝이야. 내일 학교 가면 아주, 난리가 날걸? 이제 어쩔 거야?"

"책임져야지, 네가 날."

"그래, 책임질게."

잠시 웃고 나니 불안함이 순식간에 흩어져 버렸다.

나는 산책로를 한참 지나쳐 밝은 도로로 나온 뒤에야 효주의 손을 놓아주었다.

"뭐 먹을까? 갑자기 배고파."

내가 말했다.

"배고픈데 이렇게 세게 달렸어?"

"응, 너무 배가 고파서."

"난 빈털터리인데?"

"나도 그렇네."

내 말에 효주가 웃었다.

"내일 맛있는 거 사 먹자."

내가 말했다.

"그러면 내일 새로 생긴 라면집 가자."

집으로 가는 길 내내 효주는 최근에 읽은 책 이야기를 하다가 조금 늘어난 체중 이야기를 했다. 나는 효주가 이런저런 이야기를 내게 들려주는 것이 좋았다. 자잘한 흰 꽃들이 가득 핀 효주네 집 근처까지 왔을 땐 수학 이야기가 시작되었다.

"내가 이런 이야기 하면 지루해?"

효주가 나를 보며 말했다.

"네 목소리 듣고 있으면 안 지루해."

내가 효주를 보며 대답했다.

"난 수학 선생님이 왜 그 재미있는 걸 그렇게 설명하는지 모르겠어."

"잘 설명해 줘도 애들은 수학을 안 좋아해."

"시험 보는 게 아니면 좋아할걸. 재미있어. 내가 공부가 좀 돼서 하는 말이 아니라고."

"효주야, 넌 담임 상담 했어?"

"응, 왜 성적이 되는데 실용음악 하냐고 잔소리만 들었어. 좋아하는 걸 하면 되지 성적에 맞춰서 학교와 학과를 선택한다는 건 이상해."

"네 말이 맞지만 사람들은 너 같은 애가 가야 할 학교는 당연히 정해져 있다고 생각해."

"승우 넌 머리도 안 좋은데 열심히라도 해야지. 내 성적 떼어줄 수도 없고 걱정이네."

효주가 말했다.

"그래, 넌 드럼도 좀 되고."

"난 피아노랑 기타도 좀 되지?"

"그래."

"그래서 네가 나 좋아하는 것도 알아."

"그래서는 아니고……."

나는 말끝을 흐렸다. 효주를 좋아한다고 직접 말한 적이 이제까지 한 번도 없다는 게 생각났다. 하지만 말하지 않은 것을 우리는 거의 알고 있었다. 1년 전에도 우린 알고 있었다. 내가 효주에게 좋아한다고 말한 적이 없어도 효주는 그걸 알고 있었고, 소라에게 내가 효주를 좋아한다고 말한 적이 없지만 소라도 그걸 알고 있었다.

"아, 맞다, 네가 그런 말 했었어. 난 웃는 모습도 좀 된다고. 이제 보니 그래서 날 좋아한 거구나."

가벼운 이야기들을 하거나 웃는 사이 효주네 집 앞에 도착했고 효주는 활짝 웃으며 집으로 들어갔다.

효주를 바래다주고 집으로 돌아오는 길에 나는 일부러 아주 먼 길로 돌아왔다. 사거리 편의점 골목에서 다시 소라를 만나고 싶지 않았기 때문이다.

하지만 소라는 이미 내 앞에 와 있었다. 아파트 후문 은행나무 아래 벤치에 소라가 앉아 있었다.

"우리 셋이 한번 뭉쳐야지?"

소라가 말했다.

"효주 생일이잖아. 우리 같이 파티라도 해 줄까?"

소라는 벤치에 다리를 꼬고 앉아 꺾어 신은 흰 스니커즈를 발끝에 걸고 까딱거리며 웃었다.

"네가 효주는 안 만나는 게 좋겠어."

"둘이서만 함께하고 싶은 거야?"

소라가 또 웃었다. 소라의 웃음소리가 나뭇잎을 흔든 걸까. 푸른 은행잎 몇 장이 벤치 위로 천천히 떨어졌다.

그때 누군가 장바구니를 들고 이쪽으로 걸어오는 게 보였다. 얼핏 보아도 이모였다.

"이모?"

내가 일부러 이모를 부르자 소라는 나를 한번 흘겨보고는 아파트 후문으로 사라져 버렸다.

"왜 거기 서 있어?"

이모는 올 여름은 어쩐지 그리 덥지 않을 것 같다는 말을 했고 습한 날씨에 대해서도 이야기했지만 나는 집에 들어오는 내내 건성으로만 대답했다.

소라가 아파트 단지까지 들어오는 일은 전에도 없던 일이었는데. 어쩌면 소라는 언젠가 집까지, 혹은 내 방까지 들어올 것 같다는 생각이 들었다.

다음 날 학교에선 온종일 머리가 무거웠다. 밤에 잠을 설친 나는 수업 시간 내내 졸음을 참아야 했다. 자율학습 시간이 되었을 때 내내 엎드려 자던 나는 문득 바람이 목덜미를 스치는 것을 느끼고 잠에서 깨었다. 열린 창문으로 바람이 들어오자 커튼 끈이 풀려 휘날렸다. 곧 바람이 잦아들고, 커튼 사이로 소라가 보였다. 소라는 태연하게 창틀에 앉아 나를 보고 웃었다. 그러곤 말아 쥔 종이를 장난스레 들어 올려 입에 가져다 댔다가 떼며 담배 피우는 시늉을 했다. 소라의 긴 머리카락이 종이 담배에 엉켰다. 나도 모르게 침을 삼켰다. 당장이라도 나는 어딘가로 가서 담배를 피워 물고 싶어졌다.

나는 있을 리 없는 담배를 찾기 위해 반사적으로 필통을 뒤적거렸다. 다시 1년 만에, 이제 모든 것이 괜찮아져 가고 있었는데 왜 그 모든 게 흐트러지기 시작한 걸까?

"효주는 요즘 슬슬 밴드부 나오는데. 넌…… 아직이야?"

나부끼는 커튼을 멍하니 보고 있는 내게 정빈이가 말했다.

"응, 나는 아직."

건성으로 대답하고 책을 펼쳤지만 글자들이 읽히지 않았다.

효주가 밴드부에 들어온 지 얼마 지나지 않은 날의 일이 생각났다. 밴드부 페북 페이지에서 사진을 함께 정리하던 소라는 효주의 웃는 사진을 보며 내게 말했었다.

"효주 웃는 모습 조금 멍청해 보여."

"효주는 그렇게 웃는 게 매력이지."

그때 효주가 밴드부실로 들어왔다.

"맞아 이승우, 내가 웃는 모습이 좀 되지."

효주가 말했다.

소라는 효주를 본 척도 하지 않고 거울을 꺼내 꼬리빗으로 앞머리를 빗었다. 거울을 보는 소라의 표정은 일그러져 있었다.

그날 우리 셋은 집으로 돌아오며 학교에서 가까운 효주네 집 앞에서 먼저 멈춰 섰다. 셋이 걷는 동안 효주만 이따금 무언가를 말할 뿐이었다.

"우리, 치즈떡볶이 먹으러 갈까?"

효주가 말했다.

"난, 식단 조절."

소라가 대답했다.

"넌 날씬한데 무슨 다이어트니. 나같이 살찐 애는 먹는데."

효주가 장난스럽게 말했다.

"나는 뭐든 이렇게 애를 써야 하거든. 그게 뭐든. 너랑 달라."

소라가 정색했고 효주가 나를 보았다. 도와 달라는 듯한 눈빛이었다.

"들어가, 내일 보자. 소라랑 나는 한 대 피우고 갈게."

나는 효주의 등을 집 쪽으로 밀어 주며 말했다.

효주는 잠깐 할 말을 찾다가 나와 눈을 길게 맞추고는 집으로 들어가 버렸다.

소라와 내가 장미빌라 앞에 도착했을 무렵엔 소라도 나도 기분이 엉망이 된 상태였다. 우린 소라네 집 앞에 이제 막 피기 시작한 붉은 들장미 넝쿨 아래 섰다. 담배를 피우기 위해서였다.

꽃나무 아래 담배꽁초와 뱉어 놓은 침들이 뒤엉켜 있었다. 소라가 집으로 들어가서 담배를 가지고 나왔고 우린 허겁지겁 담배를 피웠다.

"장미빌라엔 정말 장미가 많아."

내가 말하자 소라가 대답했다.

"감출 게 많아서."

나는 더 이상 아무 말도 하지 못했다.

아파트 단지와 고급 빌라들 사이에 껴 있는 장미빌라는 여름이면 울타리처럼 붉은 들장미가 담을 이루었다.

"그러니까 이 장미 넝쿨은 일종의 경계야, 이 동네에서. 철창과도 같지."

"뭘 그렇게까지 말해?"

"오빠가 그랬어. 효주 동네나 너네 아파트 애들 말이야. 걔네들은 이상하게도 화장을 거의 하지 않는다고. 얼굴을 희게 칠하지도 않고 여드름이나 주근깨를 가리지도 않고 입술을 붉게 칠하거나 아이라인을 그리거나 눈썹을 그리지도 않는다고. 맞잖아? 여자애건 남자애건 교복을 줄여 입지도 않아. 그냥 있는 대로 입어. 말끝에 욕설을 섞지 않아. 휴일엔 촌스러운 헤어스타일에 회색 후드티를 입고 유행에 뒤떨어진 운동화를 끌고 다녀. 최신 휴대폰이나 비싼 브랜드의 점퍼 따위에도 관심이 없어. 그냥 있는 그대로 살아도 되니까."

소라는 담배 연기를 길게 뱉으며 말했다.

"다 그렇지는 않아. 억지로 끼워 맞추지 마."

"담배를 피우는 애들도 장미빌라 애들이야."

"난 아파트 단지에 사는 미성년자인데도 담배를 피우는데?"

"넌 내가 그렇게 만든 거잖아. 어느 날 갑자기 너는 담배를 끊거나 날 안 만나려고 할지도 몰라."

소라가 담배꽁초를 발아래로 던진 뒤 비벼 껐다. 꺾어 신은 스니커즈는 낡을 대로 낡아 있었다.

"하긴, 태지 같은 애는 남부러울 것 없는 환경에서도 그 꼴로 살지만."

소라가 조금 웃으며 말했다.

"태지뿐이 아니잖아."

내가 말했다.

"내가 가수가 될 수 있을 거라고 생각해?"

소라가 손거울을 들여다보며 말했다.

"아마도."

"친구들에게 담배나 술을 팔다가 어느 날 나는 다른 것들, 팔아선 안 되는 것들을 팔게 되는 건 아닐까. 우리 오빠처럼."

"들어가, 쓸데없는 소리 할 거면."

"들어왔다가 갈래? 김치볶음밥 만들어 먹자."

"난 이모가 기다려서 가야 해. 같이 야식 만들어 먹기로 했어."

나는 소라가 빌라 지하로 들어가는 것까지 본 뒤 뒤도 돌아보지 않고 그 골목을 빠져나와 달렸었다. 그 후 나는 효주와 더 자주 드럼 연습을 하거나 산책로에 오리를 보러 가기 시작했고 마침내 담배를 끊었다.

그러다가 오랜만에 소라와 걷게 된 건 토요일 오후 밴드부 연습이 끝난 뒤였다. 소라가 옆 학교에서 빌려 온 무거운 스피커를 소라 집에 가져다 놔야 해서였다. 그사이 여름이 깊어졌고 소라네 집 앞엔 장미 넝쿨이 숲을 이루고 있었다. 봉오리만 맺혔던 붉은 들장미들이 노인복지센터를 지나 카센터 옆 놀이터 담장까지 가득했다. 소라는 빌라 옆 들장미 넝쿨 아래 멈춰 섰다. 그리고 언제나 그렇듯 담배를 꺼냈다. 나는 견딜 수 없이 담배가 피우고 싶어져서 마른침을 잇따라 삼켰다. 나는 다시 담배를 피우고 싶지 않았고 그렇게 소라와 함께 있고 싶지도 않았다. 소라는 담배를 깊이 빨아들였다가 연기를 내 쪽으로 내뱉었다. 소라의 입술은 붉었다. 붉은 들장미 넝쿨 아래서 소라가 말했다.

"너, 효주 좋아하지?"

나는 대답하지 않았다.

"틈만 나면 멍하니 효주 보잖아. 효주는 네가 자기 좋아하는지도 모르겠지? 어쨌든 실망이다. 그렇게 아무 생각도 없는 평범한 애를 너 같은 애가 좋아하다니."

"나도 한 대 줘."

"끊었다며?"

소라는 내게 담배를 주고 불을 붙여 주었다.

"금연해 보니 몸이 달라? 물론 더러운 가래가 끓는 일은 멈췄겠지."

소라가 침을 자신의 발밑에 뱉으며 말했다.

"담배를 끊은 건 무언가에 매여 있는 게 싫어서였어."

우리는 별다른 말을 더 하지 않고 손 인사만 나누고 헤어졌다.

'내가 소라에게 미안해할 이유는 없어.'

집으로 돌아오는 내내 나는 그런 말을 중얼거렸다.

집에 들어가자 이모가 나를 세워 둔 채 다그쳤다.

"너 담배 또 피웠어? 오늘도 걔 만나고 왔어? 그 진한 화장 하고 다니는 얼짱 말이야. 걔네 집에 가자. 지금."

"이모, 왜 그러세요."

"뭘 왜 그래? 왜 그런 애랑 어울려? 이모랑 약속했지? 담배도 끊고 걔랑 어울리지 않는다고. 네가 걔네 빌라에서 나오는 걸 김밥집 아줌마가 보고 조금 전에 내게 알려 줬어. 왜 어른도 없는 집까지 드나들어?"

"요즘은 잘 안 만나요. 집 앞에서 잠깐 얘기하다가 온 것뿐이에요. 그리고 소라 나쁜 애 아니에요."

"그럼 좋은 애니? 너, 네 엄마 생각해서라도 이렇게 살면 안 돼."

"제가 뭘 어떻게 사는데 그래요?"

나는 방으로 들어가 버렸다.

엄마가 폐암으로 세상을 떠나고 아빠가 재혼해서 캐나다로 가자, 외삼촌들은 나와 소식을 끊어 버렸다. 그때 유일하게 나를 다독이던 이모지만 자꾸만 이모와도 갈등이 생겼다.

얼마 뒤 효주의 생일이 되었다. 나는 학교 가는 길에 효주네 집 앞으로 갔다. 효주는 내가 선물로 준 뮤지션 포스터를 꺼내 펼쳐 보곤 환하게 웃었다. 펼친 포스터에서 빛이 반사되어 효주의 얼굴에 어른거렸다. 효주가 웃는 그곳을 배경으로 하얀 찔레꽃이 피어 있었다. 연두색 잎들 사이로 희고 작은 꽃들이 흔들거렸다. 나를 보던 효주는 그 찔레꽃 앞에서 처음 내 볼에 뽀뽀를 했다. 효주네 집 앞은 목련이 피고 진 뒤엔 벚꽃이, 벚꽃이 피고 진 뒤엔 라일락이, 그다음엔 그날처럼 찔레꽃이 핀다. 효주는 학교 가는 길 내내 발그레해진 얼굴로 웃었고 나는 앞으로도 효주가 웃는 모습을 오래도록 지켜보고 싶다고 생각했다.

나는 며칠이 지나지 않아 다시 소라에게 담배를 사러 갔다. 성적표를 받던 날 학원이 끝나고 집으로 오며 참을 수 없게 된 것이다. 드럼 선생님은 내가 좀 더 어린 나이에 드럼을 시작했어야 한다고 말했고 이 실력으로라면 성적이 아주 좋아야 한다고도 말했다. 두 가지 모두 내가 할 수 있는 일이 아니었다.

나는 장미빌라 골목으로 가서 소라를 불러냈다.

"오랜만이네."

소라가 담배와 거스름돈을 주었다.

그때 빌라에서 남자애들이 나왔고 소라에게 손을 들어 보인 후 큰길로 사라졌다.

"뭐냐, 저런 애들은. 왜 너네 집에서 나와?"

"담배 사러 왔다가 컴하고 가는 애들. 컵라면도 먹고."

"이상한 애들 집까지 끌어들여? 너네 오빠가 뭐라고 안 해?"

"오빠는 집에 안 오는 날이 더 많아. 톡만 남기면 끝. 난 이렇게 돈 벌고 있으니까 됐지."

"저런 애들 조심해."

"재네 나쁜 애들 아니야."

"그럼 좋은 애들이니?"

"나도 저런 애야."

소라는 자신의 담배를 꺼내 내게 주었다.

"나 끊어야 해서."

"어차피 담배 샀잖아?"

소라가 말했다.

나는 주머니에 손을 찔러 넣었다.

"그냥 가지고 있으려고 샀어. 안 그러면 미쳐 버릴 것 같아서."

"이번만 피우고 다음에 그렇게 해."

"안 피울 거야."

내가 말했다.

소라는 무언가 포기한 표정이었고 나 역시 그랬다. 우리 사이에 존재하던 신뢰가 완전히 무너진 것 같은 느낌이었다. 내가 소라에게 한 말들, 소라의 친구들에 대해 한 말들을 후회하고 있을 때 소라는 어느새 내 손에 불붙은 담배를 쥐여 주었다. 나는 어쩔 수 없이 담배를 한 모금 빨았고, 한 개비를 다 피우고 다시 한 개비를 연달아 피웠다. 미안하다는 말을 할 틈도 없이.

소라와 나는 그 골목에서 축제 이야기를 했다. 소라가 부르게 될 곡에 대해서도 이야기했고 소라의 꿈에 대해서도 이야기했다. 하지만 소라가 회색 연기를 뿜는 동안 나는 흰 꽃 앞에서 나를 쳐다보며 웃던 효주 생각을 하고 있었다. 며칠간 못 피운 담배를 몰아서 피운 뒤에야 나는 담배를 피운 것을 후회했다. 나는 고개를 비틀어 어깨 너머로 침 얼룩이 가득한 소라네 집 앞 시멘트 바닥에 가래침을 뱉었다.

그날 밤 이모가 소라를 찾아간 건 내 가방 속에서 담배가 나왔기 때문이었다. 내가 소라네 집 앞에서 이모를 설득하고 있을 때 소라가 옆 학교 남자아이들과 어깨동무를 하고 빌라에서 나왔다. 술을 마신 건지 소라와 남자아이들은 비틀거리고 있었고 기분 좋게 웃고 있었다. 이모와 나만 없었다면 소라는 그날 유쾌하게 웃으며 어딘가로 놀러 갔을까. 그리고 다시 돌아왔을까.

나는 두고두고 그날을 생각했지만 아무것도 되돌릴 수 없었다.

그날따라 소라의 얼굴은 화장이 더 짙었고 그날따라 소라의 치마는 더 짧았다. 노래를 흥얼거리던 소라는 꺾어 신은 스니커즈가 벗겨지는 바람에 이모와 나를 발견했다.

소라가 멈춰 서자 양쪽에서 소라의 어깨를 휘감고 있던 남자애들이 팔을 풀었다.

"먼저 가."

소라가 말하자 남자애들이 인사도 없이 떠나갔다. 소라는 불량한 걸음으로 골목을 벗어나는 남자애들의 뒷모습을 힐끗거렸다. 그건 나도 마찬가지였다. 손끝이 떨려 왔고 담배라도 한 대 피워야 정신을 차릴 수 있을 것만 같았다. 그제야 나는 소라가 손에 불을 붙이지 않은 담배를 들고 있는 것을 보았다. 소라는 그걸 숨기기 위해 손을 등 뒤로 돌렸다.

"부탁이야, 우리 승우에게 담배 팔지 마."

"네."

"이모, 소라가 판 게 아니라 내가 샀어."

"승우야, 이제 담배 필요하면 이모가 사다 줄게. 여기 와서 사지 마."

소라는 고개를 숙이고 얼룩진 시멘트 바닥만 보았다. 썩은 냄새가 하수구를 타고 올라왔고 담배꽁초와 침 냄새가 뒤엉켜 숨을 들이켜기조차 힘들었고 들장미 냄새는 역겨웠다.

"이렇게 함부로 살면 안 돼. 도움이 필요하면 언제든 내게 연락해."

갑자기 이모가 소라의 손을 잡았고 소라의 손에 있던 담배가 바닥으로 떨어졌다.

언제나 당당하던 소라는 떨어진 담배를 보며 붉은 아랫입술을 깨물었다. 그것이 내가 기억하는 소라의 마지막 모습이다.

소라는 그날 밤 옆 학교 일진들과 피시방 옥상에서 담배를 피우다 싸움이 붙었고 사고로 세상을 떠났다. 아이들이 드나들던 소라의 방은 뉴스에 공개되었고 소라가 걸그룹 가수가 되고 싶어 했다는 내용이 보도됐다. 소라의 책상엔 애도의 붉은 장미가 쌓였다. 우리는 소라가 사라진 장미빌라를 지날 때마다 차마 고개를 들지 못했고 효주와 나는 결국 밴드부를 나왔다. 그것이 1년 전 우리 모두에게 일어난 일이다. 한편 나는 소라에게 일어난 일들에 대해 여전히 제대로 알지 못한다. 아무리 오랜 시간이 흐른다 해도 마찬가지일 것이다. 가끔 소라를 생각할 때면, 내가 했어야 할 말이나 내가 하지 말았어야 할 말들이 입술 사이에서 꿈틀거린다. 하지만 그것은 정확한 문장으로 뱉어지지 않는다.

효주는 새로 생긴 라면집에 들어서며 주문부터 했다.

"냉라면 하나, 매운 라면 하나 주세요."

"묻지도 않고 네 맘대로 주문하냐?"

자리에 앉으며 내가 투덜대자 효주가 웃었다.

"승우야, 밴드부 애들이 우리끼리 소라 추모 음악제 열자고 하더라. 너도 소식 들었지?"

효주가 냅킨을 돌돌 말며 말했다.

"보컬도 없잖아. 그리고 추모 음악제가 무슨 소용이라고."

내가 말했다.

"그래야 소라와 헤어질 수 있을 것 같아. 내가 지금 할 수 있는 건 그것뿐인지도 몰라. 그건 다른 애들도 마찬가지야. 우리 모두를 위해서 할 수 있는 게, 지금은 그것밖에 없어."

"생각해 볼게."

"작년에 내 생일에 말이야."

효주가 무엇인가 말하려다 멈췄다.

잠시 침묵이 흐른 뒤 효주가 다시 말을 하려다 망설였다.

"뭐든 말해. 괜찮아, 효주야."

"내가 네 볼에 뽀뽀하던 날 아침에 말이야, 건너편 길에 소라가 서 있었어. 소라가 속상했을 거야. 하지만 나도 뽀뽀한 다음에야 알았어."

효주의 어깨가 떨렸다. 나는 효주가 울 수 있도록 내버려 두었다.

"나도, 소라가 거기 있다는 걸 알고 있었어, 효주야. 그래도 어쩔 수 없었어. 우리 잘못이 아닐 거야."

그사이 주문한 라면이 나왔다.

효주는 내 앞 접시에 냉라면을 덜고 자신의 앞 접시에 매운 라면을 덜었다. 우린 웃거나 울거나 이야기를 나누지 않고 한동안 라면을 먹었다.

"맛있지?"

효주가 말했고 내가 고개를 끄덕였다.

"좋은 곳으로 갔을까?"

효주가 물었다.

"여기보다는 좋은 곳일 거야. 여기보다는 좋은 곳이면 좋겠어."

내가 대답했다.

효주와 나는 라면집을 나와 천천히 걸었고 소라와 함께 숨어 담배를 피우던 편의점 골목을 덤덤히 지났다. 그리고 붉은 장미가 가득 핀 노인복지센터 앞 이름 모를 나무 아래 벤치에 앉았다. 우리는 고개를 들어 나뭇잎과 하늘과 흰 꽃잎처럼 흔들리는 하얀 초승달을 보았다. 6월의 마지막 날이 그렇게 저물어 갔다.

그 후 나는 가끔 담배를 피우거나 멈추기를 반복했지만 그 어떤 골목에서도 소라를 만나지 못했다.

마법이 필요한 순간

6년이 멈춰 있었다. 세계가 멈추자 있는 것 속에 없는 것이, 없는 것 속에 있는 것이 함께 있다. 나는 창을 열고 벚꽃을 보았다. 계절이 바뀌는 것을 보지 못한 지 6년째다. 하지만 내가 6년이라고 믿는 이 시간은 단 하루일 수도 7년이나 9년일 수도 있다.

조지는 창밖을 보고 있었고 나는 노트를 꺼내 일기를 쓰고 있었다.

"조지, 꿈속에서 꽃 피는 소리를 들었어. 그런데 깨어나니 그 소리가 기억나지 않아. 무엇에 비유해야 할지 모르겠어."

내가 말했다.

말을 한다면 그것은 나일 수밖에 없었다. 조지는 고양이가 된 다음 날부터 아무 말도 하지 않았다. 이 일이 있기 전의 세상의 모든 다른 고양이들처럼 이따금 가르릉거릴 뿐이었다.

"조지, 넌 영원히 말할 수 없게 된 거니? 하지만 그날은 내게 말을 했었잖아. 나 때문에 고양이가 돼서 화가 난 거야?"

나는 늘 비슷한 질문을 하지만 조지는 나를 흘끗 볼 뿐이었다.

나는 노트를 덮고 수학 문제집을 꺼냈다. 내겐 무엇이든 할 수 있는 시간이 얼마든지 있었지만 어느 것 하나 집중할 수 없었다.

나는 세계가 멈추기 전까지 아빠 일을 도와 토요일마다 마포 일대의 거래처 카페에 부자재를 배달하러 다녔다. 대부분 커피 관련 소모품을 체크하는 정도였는데 그러다 카페 '섬'에서 친구를 만났다. 이름은 조은지, 자신을 그저 조지라고 불러 달라던 조지는 직업학교를 일찍 마치고 카페 섬에서 바리스타로 일하고 있었다. 조지도 나도 사람이 많은 곳에 가거나 사람들 사이에서 부대끼는 것을 귀찮아하는 성격이었지만 어쩐지 우린 그런 이유 때문에 말이 잘 통했고, 자주 어울렸다.

"왜 바리스타가 됐어?"

"음악을 들으며 커피를 내리거나 그릇을 닦는 일이 즐거워서, 그리고 길고양이들에게 먹이를 주기 위해서."

"난, 무엇이든 조금씩 하며 살고 싶어. 조금만 일하고 싶고 조금만 움직이고 싶어. 조금만 사들이고 조금만 배우고. 아주 평범하게 살고 싶어."

"나도 평범한 삶을 살고 싶어서 일하는 거야. 네가 평범하게 살기 위해서 해야 할 일들과 내가 평범하게 살기 위해 해야 할 일의 차이가 있을 뿐이야. 난 나를 돌봐 줄 부모님이 안 계시니까."

조지는 내게 적금 드는 법이나 새로운 음료 제조법을 알려 줬고 나는 조지에게 인기 웹툰이나 새로 나온 게임, 도무지 내 딴에는 노력해도 오르거나 내려가지 않는 성적 같은 것에 대해 이야기하곤 했다.

6년째 늘 그래 왔듯 산책을 나왔다. 거리는 조용하고 온화했다. 카페 맞은편의 옷집 앞에 멈춰 서서 쇼윈도에 6년째 걸려 있는 봄옷을 보았다. 하늘색 바탕에 살구꽃이 가득 그려진 시폰 원피스, 크림색 리본 블라우스와 피치색 플레어스커트까지. 지난 6년간 같은 봄옷을 입고 있는 마네킹을 보며 내가 저지른 일을 생각했다. 내 실수가 아니었다면 누군가 저 옷을 사 입고 이 거리를 걸었을 텐데. 옷가게 주인은 출근과 퇴근을 반복하며 자신의 삶을 살았을 텐데. 나는 옷가게 앞에서 6년째 같은 생각을 했다. 끔찍한 것은 후회도 계속 오늘에 머문다는 것이다. 나는 매일 똑같은 고민을 하며 시간을 지나왔다.

끝없이 꽃잎을 날리는데도 조금도 꽃잎이 줄어들지 않는 벚나무를 올려다보았다. 7초짜리 짧은 영상이 반복되듯 나뭇가지가 흔들리고 꽃잎이 날리고 잠시 멈추고 다시 나뭇가지가 흔들리고 꽃잎이 날리고 잠시 멈추고를 똑같은 속도로 반복했다.

"어쩌다 이렇게 된 걸까."

나는 마네킹을 바라보며 말했다.

"은희 네가 했어."

소리가 나는 곳에 조지가 있었다. 6년 만에 입을 연 것이다.

"조지, 말을 할 수 있었던 거야?"

"아니. 내가 말을 할 수 있다는 사실을 잊고 있었을 뿐이야. 어쩌면 말할 수 없는 상태였는지도 모르지."

"갑자기 말을 하게 되다니, 놀라워."

"갑자기 세상이 이렇게 되기도 했는데 뭘."

"네 목소리가 어땠는지 잊고 있었어."

"나도. 내 목소리를 잊고 있었어."

뭐라고 대꾸를 하고 싶지만 마땅한 말이 떠오르지 않았다.

"네가 그 애들과 어울리는 것을 난 처음부터 걱정했어."

조지가 말했다.

6년의 매 순간 그래 왔던 것처럼 바람이 조금 불고 꽃잎 몇 장이 우리 위로 날렸고 조지는 한때 가장 사람들이 많이 오가던 북카페 골목으로 천천히 걸음을 뗐다.

"조지, 세계가 멈췄는데 오직 벚나무와 벚나무 가지를 흔들던 바람은 그대로야."

"네가 눈을 깜빡이지 않고 바라본 마지막 풍경이니까."

조지가 말했고 내가 고개를 끄덕였다. 나는 조지와 좀 더 이야기를 나누고 싶었지만 조지는 그럴 생각이 없는지 차도 쪽으로 방향을 돌렸다. 나는 조지가 길을 건너는 모습을 지켜보았다. 조지는 여전히 좌우를 살피며 길을 건넜다. 그럴 필요가 없는데도 말이다. 이 세계에 움직이는 것은 오직 조지와 나, 그리고 벚나무뿐이니까.

나는 매일, 그러니까 매일인지 매 순간인지 도무지 알 수 없는 날들을 살아가기 위해 내가 할 수 있는 것들을 해 왔다. 조금 책을 읽고 조금 음악을 듣고 조금 문제집을 들춰 보고 조금, 그러니까 힘들지 않을 만큼 건물 사이의 골목을 걷는 것이었다.

일이 이렇게 되기 전에 이 골목은 한순간도 사람이 끊이지 않았다. 카페와 밥집이 몰려 있는 합정동은 홍대 거리와 상수역과 망원동과 연남동이 닿아 있어서 늘 젊은이들이 몰려드는 곳이었다. 그러나 이젠 단 한 명도 이곳에 찾아오지 않고 단 한 명도 이곳을 떠나지 않는다. 내가 아는 한 그 어디에도 사람이 없다. 오늘은 그날과 같은 봄날이지만 새로운 꽃이 피지 않는데 봄이라고 말할 수 있을까.

'마법이 필요한 순간'의 현아를 알게 된 건 겨울 홍대역 2번 출구에서였다. 그날 나는 배달용 종이쇼핑백 네 개를 들고 있었는데 겨울비가 쏟아지고 있어서 역 밖으로 발을 내딛지 못하고 있었다. 몇 사람은 우산을 펴 들었고 몇 사람은 겉옷을 벗어 달리기 시작했지만 나는 종이쇼핑백 때문에 달릴 수도 없었다. 우산을 가져오지 않은 것을 후회하며 이제 막 쏟아진 비가 바로 지금 멈춰 버리는 상상을 했다.

"이런 순간, 마법이 필요하겠죠?"

나보다 두어 살은 어려 보이는 여자애가 말했다.

홍대역을 지날 때 '도를 아십니까?' '덕이 많게 생기셨어요.' '간단한 설문 조사 참여하시고 볼펜 받아 가세요.' '맛있고 싼 식당이 개업했습니다.' '여름을 대비해서 몸을 만드세요.' 같은 말을 듣는 일은 익숙하다. 나는 그런 질문에 대답하지 않고 지나치곤 했는데 이 질문은 전혀 새로웠다. 그 질문은 아무나 불러 모으기 위한 광고 문구와도 느낌이 달랐다. 아주 사적인 대화처럼 느껴졌기 때문이다.

나는 주위를 둘러보았다. 내게 한 말인지 확인하기 위해서였다. 내 주변엔 우산을 펼치는 사람들뿐이었고 여자아이는 나와 내 종이쇼핑백들을 보고 있었다.

나는 고개를 끄덕였다. 그러자 여자아이는 내 종이쇼핑백 가까이 자신의 손을 대고 딸깍 손가락을 튕겼다.

"열어 보세요."

여자아이가 말했다.

내가 쇼핑백을 열자 접이식 자동 우산이 들어 있었다. 눈을 크게 뜨고 우산을 빼 들자 여자아이는 우산을 펴라고 손짓했다.

만약 그때 그 아이가 나를 따라오며 모임을 설명했다면 흥미롭기는 했으나 선뜻 마음이 움직이진 않았을 것이다. 그러나 우산을 펼치는 사이 그 아이는 사라졌다. 나는 펼쳐진 우산을 쳐다보았다. 벚꽃이 그려진 우산이었다. 빗방울이 우산에 닿자 꽃잎이 흔들렸다.

나는 연남동의 작은 카페들을 돌며 일을 마친 뒤 카페 섬으로 향했다. 비가 그치자 공기가 더 차갑게 느껴졌다. 평소라면 걸어갔을 테지만 마을버스를 타기 위해 멈춰 섰다. 버스 노선 안내도 기둥에 작은 쪽지가 붙어 있었다.

회원 모집

마법이 필요한 순간

나는 쪽지에 적힌 사이트 주소를 검색했다. 내 또래의 아이들끼리 모여 생활 마술을 연구한다는 설명을 읽은 뒤 온라인으로 회원 가입을 하고 그다음 주부터 모임에 나갔다.

"언니, 우리 또 만날 줄 알았어요. 저는 현아예요."

현아는 '마법이 필요한 순간'의 19기 회장이었다. 벌써 19기째인 1년 코스의 마술 모임에서는 카드 마술이나 물컵 마술 같은 단순한 손동작 마술부터 도구를 활용한 마술까지 별다를 것 없는 기술을 연구했는데 현아는 종종 회원 누구도 이해할 수 없는 말들을 하곤 했다.

"조금 더 간단한 방법이 있긴 해요. 그 때문에 일이 조금 더 복잡해지겠지만."

같은 말들이었다.

달걀을 던져 새를 날리는 마술을 연습할 때도 현아는 그 말을 했고 카드 속임 마술을 할 때도 그 말을 했다. 하지만 아무도 현아에게 더 이상의 질문은 하지 않았다. 우리는 아주 사소한 것들을 배우고 익히고 서로를 웃게 하는 것에 만족했기 때문이다. 우리는 우리가 이뤄야 할 거대한 과제들, 이를테면 대학 진학이나 진로 선택, 친구나 가정 문제 같은 것들로부터 잠시 도망가 있을 안전지대가 필요했다. 단지 그것뿐이었다. 아무도 마술로 무언가를 더 하려는 생각은 없었다. 그저 토요일 오전 잠시 다른 것들을 함께할 친구가 필요했을 뿐이고 잠시 모든 것을 잊을 수 있는 순간이 필요했을 뿐이다.

언제나 내가 카페 섬에 들르는 시간은 카페 문을 열기 직전이었고 열 시 오픈 시간에 맞춰 손님이 쏟아져 들어오는 것도 아니어서, 손님이 몰리기 전까지 나는 조지를 도와 오픈 준비를 하기도 하고 함께 영어 공부를 하기도 했다. 그러다가 손님이 밀려오면 나는 이어폰을 꽂고 인터넷 강의를 들었다. 나는 수시를 포기하고 정시를 준비하고 있었는데 그 역시 전망이 밝지 않았다. 불어도 대학에서 어떤 공부를 할지 정한 게 아니었고 떨어져도 재수를 할지 다른 길을 찾을지도 정하지 않은 상태였다.

둘 다 할 일이 없을 때면 조지와 나는 가끔 서로가 싫어하는 것들을 나열하곤 했다.

"나는 커피 잔 안에 잘게 냅킨을 찢어 넣어 두고 가는 손님이 싫어."

"나는 학교에서 필기도구를 빌려 가서 안 돌려주는 내 짝이 싫어."

"나는 너무 큰 소리로 웃는 사람이 싫어. 그리고 큰 소리로 화내는 사람은 더 싫어. 하지만 그런 손님조차 오지 않는 날은 더 싫어."

"나는 내가 고3인 게 싫어. 나는 시험을 치를 아무 준비가 되어 있지 않아."

"이건 농담이 아니고, 난 네가 마술 모임에 나가는 게 싫어."

조지가 말했다.

내가 모임 얘기를 할 때 조지의 표정이 일그러지는 것을 본 적이 있지만 말로 들은 건 처음이었다.

"너에게도 취미가 있잖아. 우쿨렐레 동호회."

"그건, 조금도 위험하지 않으니까."

"이 역시 위험하지 않아. 우리는 낄낄거릴 시간이 필요해서 모일 뿐이야. 즐거운 눈속임들을 익힐 뿐이고. 모두 한 주 동안 각자 다른 곳에서 힘겹게 공부하거나 일을 하고 와서 잠시 쉬는 것뿐이야."

"지금 이 세계에선 마술은 아무 쓸모가 없어."

"그렇게 따지면 이 세계에서 내가 무슨 쓸모가 있겠어?"

"내 친구로서 쓸모 있지. 같이 투덜거릴 친구가 있어서 난 좋아."

토요일 아침이면 엄마는 사무실에 나가지 않고 집에서 업무를 처리했다. 그날도 엄마는 이따금 안경을 내려 텔레비전을 보며 거실 테이블에 앉아 서류를 정리하는 중이었고 기상 캐스터는 지역별 벚꽃 피는 시기를 알리고 있었다.

"우리 동네는 꽃이 인색해서 봄이 온 것 같지도 않지?"

엄마가 중얼거렸다.

"아무래도 북쪽이라 기온이 좀 더 낮잖아요. 서울엔 벚꽃이 시작됐어요."

내가 봄 점퍼를 껴입으며 말했다.

"벌써 배달 나가려고?"

"배달 가기 전에 마술 모임 조금 일찍 가야 해서요."

"시험 기간인데도 애들이 모임에 나오니?"

"안 온다는 애들은 없었어요. 대부분 모임 후에 학원으로 가야 해서 조금 더 일찍 만나게 됐지만."

"고3인데 학원도 다니지 않고 배달 일에 취미 활동까지 하는 건 힘들지 않니?"

엄마가 안경을 벗어 테이블에 놓았다.

"그런 것들을 하지 않는 게 더 힘들 것 같아요."

엄마는 초점을 풀고 멍하니 생각에 잠겼다가 커피를 한 모금 마셨다.

"커피 내리는 솜씨가 너만 한 아이는 없을 거야. 성인이 되면 이쪽 일을 하고 싶니?"

엄마가 커피 잔을 들어 보이며 말했다.

"글쎄요. 내가 무엇을 잘할 수 있는지, 뭘 하고 싶은지 모르겠어요."

"나는 이렇게 서류를 정리하는 인생이 마음에 들어. 네 아빠가 장사를 즐거워하는 것처럼 말이야. 그런데 은희야, 일은 벌써부터 안 해도 돼. 힘들면 언제든지 그만둬."

"토요일만 하는걸요."

"정말 재미있어서 하는 거지?"

"네, 재미는 있어요."

나는 그렇게 대답했지만 정말 내가 배달을 하거나 커피에 관한 기술을 쌓는 것을 즐거워하는지 확신할 수 없었다. 하지만 그렇게 따지면 나는 수능 시험을 잘 치러 낼 거란 자신이 없었고 만약 어느 정도 점수가 나와 어떤 학교 어떤 학과를 선택한다 해도 그곳에서 배운 대로 무언가를 시작하는 것을 즐거워할 수 있을지 자신이 없었다.

나는 모든 소리가 사라졌던 그날을 6년간 생각해 왔다. 학교 재량휴업일이라 금요일인데도 카페 섬에 들를 수 있었다. 공부를 강요하지 않던 엄마와 아빠도 내가 독서실이 아닌 합정의 카페로 간다는 걸 듣고는 반기지 않는 눈치였다. 하지만 독서실 책상에 앉아서 문제집을 펼친다고 해도 나는 한두 문제를 간신히 풀다가 노트에 아무 말이나 끄적이고 있을 게 분명했다.

조지는 늘 검은 바지에 흰 셔츠만 입었는데 그날은 어쩐 일인지 푸른 리본타이를 하고 있었다.

"어쩐 일이야?"

"매년 오늘을 기념해 왔어."

"생일이야?"

"생일 비슷한 날이야. 내가 원하는 삶을 스스로 살기 시작한 날이니까. 어쨌든 오늘을 기념해서 체리블로섬 라테를 만들어 줄게."

조지는 내가 보는 앞에서 새로운 재료들을 꺼내 놓고 체리블로섬 라테를 만들었다.

"나도 내가 하고 싶은 걸 하며 살고 싶어."

나는 조지가 테이블 위에 올려 준 체리블로섬 라테를 한 모금 마신 후 말했다.

"이 동네엔 노인들이 없어. 왜인 줄 아니? 돈이 없어서야. 여긴 그 흔한 공원 하나 없잖아. 카페건 술집이건 돈을 가진 자만이 출입할 수 있어. 많은 돈이 들지는 않지만 어쨌든 돈이 필요한 동네지. 너는 이 동네가 좋다고 했지? 나이가 들어서도 스스로 네 돈을 내고 커피를 사 마시고 싶으면, 커피에 조각케이크라도 곁들이고 싶으면 마술 따위는 신경도 쓰지 말아야 해."

조지는 주방 용구를 마른 수건으로 닦아 광을 내고 커피머신을 청소하며 말했다.

"그래도 내가 지난주에 본 마술은 정말 아주 놀라웠어. 물건을 사라지게 하는 거야."

"관심 없어. 그리고 오늘은 내게 중요한 날이니 내 기분을 망치지 마."

"한번 봐. 아주 잠깐만. 마술을 본다고 기분을 망치겠어?"

지난주 모임이 끝날 무렵 현아는 우리에게 봄을 맞아 특별한 마술을 보여 주겠다고 했었다. 나는 기껏해야 물컵에서 물이 사라졌다가 나타나는 정도의 마술을 기대했는데 현아는 우리 앞에 놓여 있던 콜라가 든 컵을 순식간에 아예 없애 버렸다. 모임 친구들의 눈이 휘둥그레졌다.

"비법은 다음 주에나 밝힐게. 다음 주까지 할 수 있는 대로 방법을 찾아 와."

현아가 말했다.

모임이 시작될 무렵이었으면 이런저런 질문이 쏟아졌겠지만 각자 일정이 있어서 서둘러 흩어졌고 벌써 그 숙제를 해 갈 날이 하루밖에 남지 않았다.

"오늘 너의 생일 비슷한 기념일을 위해 내가 깜짝 마술을 보여 줄게."

내 말에 조지의 표정이 굳었다.

"오늘은 신메뉴 체리블로섬 라테를 마시고 내 우쿨렐레 연주에 맞춰 네가 노래나 부르는 게 좋겠어. 마술 같은 건 하지 마."

"내가 그걸 해낼 리가 없잖아."

"아니, 해낼지도 몰라."

나는 조지의 말에 대답을 하는 대신 체리블로섬 라테에 손을 얹었다. 그리고 생각했다. 정말 컵이 사라지기를, 그래서 내가 조지를 놀래 주기를.

"사라지는 거야, 이제. 조지가 조금 전에 만든 체리블로섬 라테 한 잔아."

아직도 나는 그 순간을 떠올리면 오싹해진다. 순간 나는 내 말에 어떤 힘이 실려 있다는 것을 느꼈었다. 아주 짧은 순간이지만 나는 진심으로 하고 싶은 말을 뱉은 기분이었다.

내 말이 끝남과 동시에, 어쩌면 끝나기도 전에 조지와 내 눈앞에서 아직 반쯤 남아 있던 체리블로섬 라테가 사라졌다. 음료가 있던 자리에 빈 컵만 남아 있었다.

"어?"

"해냈어. 뭐 하나 제대로 해낸 적이 없는 내가 마술을 해냈어."

내가 소리를 질러 댔다.

조지는 컵을 닦던 마른 수건을 내려놓고 나를 뚫어지게 보았다.

"이것 봐, 그냥 마술이 아니잖아."

"지난주 토요일에 보고 지금 처음 해 보는 거야. 현아가 한 대로 했을 뿐인데. 믿을 수 없어."

내가 말했다.

"네가 하고도 믿을 수 없는데 나는 어떻겠니?"

"좀 더 큰 걸로 해 볼게."

"그럼 저 덩치만 크고 안 팔리는 장식장으로 해 봐."

조지의 카페 사장은 가구 만드는 일을 했다. 낮에는 고양시에 있는 작은 가구 공방에서 주문제작 가구를 만들고 저녁에는 카페에 와서 일했다. 카페에는 사장이 만든 가구들이 전시되어 있었다. 사람들은 커피를 마시러 왔다가 디스플레이된 가구에 관심을 보이고 주문을 하기도 해서 조지는 가구 쇼핑몰을 함께 관리하고 있었다. 조지는 늘 바빴지만 매일 할 일이 있는 것을 좋아했다.

나는 자잘한 공방 소품들을 진열해 놓은 원목 장식장 앞으로 가서 손을 뻗었다.

"자, 너는 이제 사라지는 거야. 이 장식장 이름이 뭐지?"

"쉐비 유리장 704."

"바로 여기 있는 쉐비 유리장 704는 사라져라."

하지만 원목장은 그 자리에 그대로 있었다.

"아니다, 그만하는 게 좋겠어. 사라지고 말 테니까."

조지가 말했다.

나는 약간 초조해져서 다시 팔을 뻗었다.

"쉐비 유리장 704는 지금 사라진다!"

나는 말을 하고 질끈 눈을 감아 버렸다.

다시 눈을 뜨자 원목장과 원목장에 진열되어 있던 모든 물건들이 사라진 뒤였다. 원목장 아래 먼지 뭉치와 언제 굴러 들어갔는지 모를 건전지 두 개가 뒹굴고 있었다.

"그 사기꾼이 네게 제대로 가르쳐 줬구나. 너무 위험해."

조지가 말했다.

"아무도 다치게 하지 않아. 뭐가 위험하겠어?"

"없어지면 안 될 것들을 없앨 수도 있고 그걸 다시 되돌리지 못할 수도 있으니까."

"현아가 그랬어. 사라지게 한 자는 다시 그걸 제자리로 돌릴 힘이 있다고."

"장식장을 되돌려. 사장님이 화낼 거야."

나는 원목장이 있던 곳을 향해 손을 뻗었다.

"다시 돌아와, 조지의 사장님이 만든 쉐비 유리장 704야."

원목 진열장은 제자리로 돌아왔다. 마치 사라진 적이 없다는 듯이.

그리고 나는 이번엔 내가 앉아 있던 쪽으로 다시 가서 테이블 위로 손을 뻗었다.

"이제 다시 돌아와. 체리블로섬 라테야."

하지만 테이블엔 여전히 빈 컵 외엔 아무것도 없었다. 마치 그 컵엔 음료가 애초에 없었다는 듯이.

"지금 다시 이 자리로 와, 체리블로섬 라테."

나는 다시 손을 뻗었고 좀 더 힘을 주어 말했다.

그러나 뜻대로 되지 않았다. 조지가 미간에 힘을 잔뜩 주고 빈 컵을 보고 있었다.

"차라리 잔까지 사라지게 하지 그래?"

"잔까지 사라져라!"

그 순간 빈 컵이 사라졌고 나는 아무 말도 못 하고 빈 테이블을 멍하니 보았다.

"이것 봐, 은희야. 이런 일이 생길 수 있어."

"내가 아직 미숙해서 그래. 잔은 내가 보상해 줄게."

"됐어. 유리잔은 얼마 하지 않아. 체리블로섬 라테를 끝까지 못 마셔서 손해 본 건 너야."

조지는 아무 일도 없었다는 듯 다시 마른 수건으로 유리컵을 닦기 시작했다. 어쩐지 조금 화난 표정이었다.

"이런 일을 봤는데 놀랍지 않아?"

"그저 잠깐 놀랐을 뿐이야. 어릴 때 태풍이 마을을 휩쓸고 지나갔어. 쌓기 놀이 장난감이 무너지듯 온 마을이 순식간에 여기저기 흩어져 버렸어. 심지어 지붕의 반이 날아간 집도 있었어. 아침에 우린 마당에서 할머니가 가장 아끼던 벚나무와 라일락 나무가 꺾이고 뽑혀 누운 광경을 봤어. 놀라서 울어 대는 내게 할머니가 말했어. 정말 놀랄 일은 아직 보지 못했다고, 우리 마을 사람들과 개와 고양이들 모두 함께 이 마을을 말끔히 복구하는 모습을 이제 보게 될 거라고 했어. 할머니는 살아오며 많은 폐허를 보았고, 그 폐허를 재건하는 이웃의 손길을 보며 여기까지 왔다고."

조지의 담담한 목소리 때문인지 나는 내게 일어난 깜짝 놀랄 만한 일이 아무것도 아닌 것처럼 느껴졌다.

나는 창가로 갔다. 입 안에 남아 있는 체리블로섬 라테의 맛을 기억해 내려 혀를 굴리며 창밖을 보았다. 2층 카페에서 내려다보는 길은 언제나 내가 좋아하는 풍경이었다.

"창문이 조금 삐그덕거려."

나는 여닫이 갤러리 문을 활짝 젖히며 말했다.

"덧창을 달 때 문제가 있었나 봐."

"오늘은 유난히 사람이 많네."

"합정의 금요일은 언제나 그렇지. 게다가 이렇게 벚꽃이 피었으니."

조지가 한숨을 쉬었다.

"조지, 넌 고양이 같아. 손님이 와도 반기지도 않고."

"그래, 차라리 고양이처럼 그저 이 자리에 앉아 완벽한 고요속에서 아무 근심도 하지 않으면서 해가 뜨고 지고 달이 뜨고 지며 별이 빛나는 것이나 보면 좋겠어."

조지가 한숨을 또 내쉬었다.

그때 갑자기 고성이 들렸다. 카페 아래 인도 식당 앞에 누군가 오토바이를 대다가 식당 주인과 싸움이 붙은 것이다.

조지와 나는 창 아래로 고개를 빼고 그 광경을 지켜보았다.

욕설이 오가는 것을 듣던 나는 조금 전까지 벚나무를 바라보던 순간을 빼앗긴 것에 조금 기분이 상했다.

나는 꽃잎이 떨어지는 벚나무를 바라보며 창밖을 향해 손을 뻗었다.

"창밖의 모든, 시끄러운 것들아, 저 벚꽃잎 날리는 풍경을 빼곤 모두 사라져라."

그건 장난이었다. 그저 잠시 우쭐해져서 벌인.

순간 세상이 조용해졌다. 인도 식당 주인과 오토바이를 주차한 사람의 싸우는 소리, 지나다니던 차들의 소리, 이를테면 인간이 내던 모든 소리가 세상에서 사라졌다. 갑자기 고막에 통증이 찾아왔다.

"은희 너, 지금 뭘 한 거야?"

조지가 말했다.

나는 조지를 향해 고개를 돌렸다. 조지가 있던 자리에 한 마리의 갈색 줄무늬 고양이가 있었다.

"조지?"

"내가 고양이가 된 거니? 내가 끔찍이도 싫어하는 고양이."

고양이가 된 조지가 외쳤다.

"하지만 넌 길고양이들 먹이를 늘 챙겨 줬잖아."

"그건 조금 다른 얘기야. 이것 보라고, 결국 난 제자리로 돌아오고 말았어."

나는 서둘러 고양이 조지를 향해 손을 뻗었다.

"다시 조지로 돌아와라."

하지만 여전히 조지는 고양이인 상태로 그 자리에 있었다. 내가 조지에게 손을 얹고 외쳐 보고, 끌어안고 외쳐 보고, 목소리를 높이거나 속삭여도 보았지만 조지는 고양이로 그 자리에 있었다.

"곧 손님이 몰려올 시간이야."

"미안해. 곧 원래대로 해 줄게. 아니면 내가 현아를 불러올게."

"오늘은 알바생도 저녁때부터 온단 말이야."

"그러면 내가 알바생이 올 때까지 일을 돕고 갈게."

나는 내가 조지를 고양이로 만든 것이 어떤 일인지를 생각할 겨를이 없었다.

"우선 현아에게 연락해 볼게."

나는 휴대폰을 꺼냈지만 주소 목록에 현아는 보이지 않았다.

"소용없을 거야."

조지가 창틀로 뛰어 올라앉으며 말했다. 조지는 모든 것을 체념한 듯 보였다.

"조지, 세상이 너무 조용해."

나는 창밖으로 몸을 뺐다. 창가에 세워 둔 허브 화분 하나가 굴러떨어졌다.

"난 커피를 내리고, 종일 음악을 듣고, 길고양이들의 먹이를 챙겨 주며 살고 싶었는데. 다시 고양이가 되었군."

조지가 말했다.

"넌 한때 고양이었던 거야?"

내가 물었지만 조지는 대답하지 않았다. 매우 화가 난 것처럼 보였다.

나와 조지는 거리로 나왔다.

사람이 보이지 않았다. 조지가 북카페와 옷집 사이로 달렸다. 나도 조지를 따라 달렸다. 조지가 달리는 모습은 부드럽고 힘찼다. 조지가 달리는 모습은 세상의 어떤 고양이보다 고양이다웠고 세상의 어떤 소녀보다 조지다웠다. 합정역 앞 큰 도로 어디에도 사람이 보이지 않았다. 달리다가 멈춘 차들이 주인 없이 신호를 기다리는 모양으로 서 있었다. 조지와 나는 합정역까지 달렸다. 내가 몇 번 멈추면 조지가 기다리면서.

사거리 앞엔 늘 신호를 기다리는 사람들이 있었으나 아무도 없었다. 우리는 그날 온 도시를 다니며 사람을 찾아다니고 마침내 면허도 없는 내가 키가 꽂힌 차를 운전해서 고양시와 은평구 쪽을 돌아본 뒤에 연대 앞을 지나 신촌쯤 왔을 때야 이 세계에 사람이 사라진 것과 모든 움직이는 것들, 소음을 만들어 내는 것들이 멈춘 것을 확인했다.

말이 많던 조지는 그때부터 말수가 줄었다.

"조지 네가 고양이로 변한 걸 손님들이 보지 않게 되어서 다행이야."

내가 애써 농담을 했지만 조지는 웃지 않았다.

"고양이가 되어 버려서 말을 못 하는 거니, 내게 화가 난 거니?"

내가 물었지만 조지는 그 역시 대답하지 않았다.

그날 이후 우리는 6년간 어떤 말도 나누지 않았다. 우리가 하는 일이라고는 계절도 바뀌지 않는 세계에서 태양이 뜨고 지고, 별이 빛나고 스러지는 것을 바라보는 것뿐이었다. 조지는 온종일 어딘가를 떠돌다가 카페 섬으로 돌아왔고 나는 가방 속에서 수능 문제집을 꺼내 조금 공부를 하곤 했지만 내가 수능을 치를 날이 올 것 같지는 않았다. 나는 쉽게 집중하지 못하고 한두 문제를 푸는 둥 마는 둥 하다가 늘 가방에 문제집을 넣곤 했다. 그렇게 천천히 무언가를 배우고 익히는 동안 나는 아주 빠른 속도로 알고 있던 것을 잊어 갔다. 내가 새로운 단어를 외우는 속도가 내가 원래 알고 있던 단어를 잊는 속도를 따라가지 못했다. 모든 것이 멈춘 세계에서 나 혼자 무언가를 생각하며 살아가는 건 어려운 일이었고, 불필요한 일처럼 느껴지기도 했고.

나는 창가 자리에서 창밖을 내다보며 가방에서 새 노트를 꺼냈고 마치 그날이 방금 전인 것 같다고 생각했다.

"조지, 우린 더 이상 그 무엇도 알지 않아도 살아갈 수 있었나 봐."

나는 혼잣말을 중얼거렸다.

해가 뜨고 질 때마다 하루하루를 적어 넣는 노트도 어느새 꽉 차 버렸다. 내 기록은 어떤 페이지를 펼쳐도 비슷한 내용뿐이었지만 나는 꾸준히 글을 써 나갔다. 글을 쓰고 있으면 시간이 빨리 흘렀고 내가 멈추지 않고 여전히 살아 있다는 느낌이 들었다. 나는 새 노트를 펼쳤다. 조지와 6년 만에 이야기를 나눴다고 적어 넣고 있을 때, 조지가 창을 통해 들어왔다.

"모든 게 제자리로 돌아올 거야. 미안해, 조지."

"우린 계속 자라고 있는데 제자리가 어디 있겠니?"

달빛을 등지고 창가에 앉은 조지의 털이 반짝거렸다.

"왜, 사람이 되고 싶었어?"

"전에도 말했잖아. 종일 음악을 들으며 커피를 내리고 길고양이들에게 먹이를 주는 삶을 살고 싶었을 뿐이라고."

나는 조지가 자세히 설명하지 않은 모든 일들을 단숨에 이해했고 그런 의미로 고개를 끄덕였다.

"지금은 밤이야, 아주 깊은."

조지의 말대로 아주 깊은 밤이었다. 약간 찌그러진 달이 하늘에 걸려 있었고 몇 개의 별들이 깜빡거리고 있었다.

"저길 봐! 조지, 방금 새들이 날았어."

내가 말했고 조지는 언제나처럼 창밖으로 고개를 돌리지 않았다. 잘못 본 게 분명하다는 걸 알면서도 나는 오래도록 창밖을 보았다. 나는 가끔 있을 리 없는 것들, 그러니까 새나 파리, 나비나 토끼 같은 것을 보곤 했지만 내가 정말 그것을 보았는지 확신할 수 없었다.

"조지, 이제 우린 어떻게 되는 걸까?"

"지난 6년처럼. 넌 종종 헛것이나 볼 테고, 영원히 이렇게 공부하지도 놀지도 못하는 어정쩡한 고3일 테고."

조지가 대답했다.

"어떤 일이 일어날 것만 같은 것이나 어떤 일도 일어나지 않을 것 같은 건 이렇게 똑같은 거구나. 다시 어떤 일이 일어나면 좋겠어. 그게 무엇이라도."

내가 말했다.

"네가 원한 거잖아, 모든 것이 멈추는 건. 말한 대로 된 거야. 너를 빼고 세상의 모든 사람들이 사라진 거야. 그거면 됐지."

조지가 말을 마치고 창틀에서 옆 건물 지붕 쪽으로 사뿐 뛰어내렸고 나는 몸을 일으켜 창밖으로 몸을 뺐다.

"조지, 이 밤에 또 어딜 가는 거니? 조금 더 이야기를 하자. 우리 그날처럼 체리블로섬 라테라도 한잔하는 게 어때?"

도로를 건너던 조지가 위를 올려다봤다.

"그날 내가 만든 것처럼 아주 맛있는 체리블로섬 라테를 네가 만들어 준다면."

조지가 말했다. 농담이 분명했다. 표정이 보이진 않았지만 마치 웃고 있는 것만 같았다.

나는 조지가 늘 가는 북카페 골목 사이로 사라지는 것을 보다가 세계가 멈추던 날 아침의 일들을 하나둘 적어 나갔다. 오랜만에 노트를 꽤 채운 뒤에야 나는 잠이 들었다.

다음 날 늦은 오전 눈을 뜨고 창밖을 보던 나는 지금 내가 보고 있는 풍경이야말로 그날의 풍경과 똑같다는 생각이 들었다. 그리고 그 봄에 내가 끝까지 마셔 버리지 못한 체리블로섬 라테 한 잔을 만들고 싶어졌다.

주방으로 가서 나는 우유와 체리블로섬 파우더와 에스프레소 샷, 휘핑크림, 화이트 초코 크런치 등의 재료를 꺼낸 뒤 그날 조지가 내 앞에서 그것을 만들던 동작을 떠올리며 체리블로섬 라테를 완성했다. 그리고 마지막 장식으로 올릴 체리를 찾기 위해 선반을 뒤적여 체리가 든 유리병을 손에 쥐었을 때였다.

누군가 나무 계단을 올라오는 소리가 들렸다. 소리 없이 드나드는 고양이 조지의 발소리는 아니었다. 잠시 후 문에 걸어 놓은 종이 흔들리며 문이 천천히 열렸다.

나는 유리병을 손에 꼭 쥐고 문을 보았다.

마침내 문틈으로 무언가 어른거렸다.

문을 열고 들어온 것은 목에 푸른 리본을 맨 조지였다.

"마법이 필요한 순간이란 이런 거구나."

조지가 조금 웃었다.

그 웃음을 보는 순간 나는 우리의 마법이 나에게서만, 혹은 조지에게서만이 아니라 우리에게서 온 것임을 깨달았다. 그날도 오늘도 말이다.

"나는 또 같은 날, 이런 내가 됐군."

순간 견딜 수 없는 소음이 실내로 밀려 들어왔다. 그 소리 때문에 심장이 얼얼할 만큼 세게 뛰었다.

반가웠다. 비명과 웃음과 울음이, 책장을 넘기는 소리와 오토바이가 달리는 소리와 유리잔이 부딪치는 소리가, 누군가가 연필을 사각이며 글을 쓰는 소리와 귓속말과 가방의 지퍼를 여는 소리가. 언젠가는 다시 견딜 수 없다고 느낄지도 모르지만 아름답게 느껴졌다. 살아 있는 누군가가 힘껏 달리며 바람과 어우러져 진동하는 소리는.

네 쪽지
받고 싶어

나는 친구들과 쪽지 주고받기를 즐기는 아이였어요. 우리는 교과서 귀퉁이에 뭔가 끄적거린 뒤 찢어 쪽지 보내기를 했어요. 나는 특히 수업 시간에 선생님 몰래 쪽지를 주고받는 일에 푹 빠졌어요. 작은 종이에 또렷하게 낙서를 하기 위해 펜촉이 가장 얇은 제도펜을 사용했을 정도예요.

친구들은 수업이 시작되면 내게 '미경아, 네 쪽지 받고 싶어.'라고 적힌 쪽지를 보내곤 했어요. 그러면 나는 작은 종잇조각에 가장 반짝거리는 농담, 우리들만의 우스꽝스러운 비밀 같은 것들을 궁리해서 쓰고 그렸어요. 아마 종이가 커서 채워야 할 이야기가 많았다면, 보다 나은 문장이나 보다 나은 그림을 그려야 하는 거였다면 나는 쪽지 주고받기를 그만큼 즐기지 못했을 거예요. 쪽지를 보내 달라는 쪽지를 보내 주던 친구들, 쪽지를 바닥에 떨어뜨리거나 어른들에게 걸리지 않고 잘 전달해 준 친구들, 간혹 우리의 쪽지 놀이를 눈감아 준 선생님들께 고마운 마음을 전합니다. 덕분에 나는 학교를 버틸 수 있었고, 늘 뭔가 쓰고 그리는 어른이 되었거든요.

쪽지를 주고받는 사이는 아주 친밀한 사이고, 쪽지로 주고받는 이야기는 아주 작고 곧 잊혀도 되는 이야기예요. 여기에 모인 단편들은 쪽지에 쓰인 다정한 이야기라고 생각해 주세요. 내게 쪽지를 요청하고 기다렸다가 읽어 주고 답을 보내 준 문학동네 편집부에게 감사합니다. 늘 나의 글쓰기를 응원하고 기도해 준 가족에게도 감사합니다.

눈 내리는 입춘에

송미경

수록 작품 발표 지면

신발이 없다 _미발표작
나는 새를 봅니까? _『시와 동화』 2016년 가을호
나지 않는 냄새 _미발표작
겨울이 오기 전에 _미발표작
나를 기억해? _『작가들』 2016년 겨울호
마법이 필요한 순간 _『불안의 주파수』(문학동네, 2018)

나는 새를 봅니까?
© 송미경 2020

1판 1쇄 2020년 2월 18일 | 1판 2쇄 2020년 6월 9일
지은이 송미경 | 펴낸이 염현숙 | 책임편집 엄희정 | 편집 곽수빈 원선화 이복희 | 디자인 이은하
마케팅 정민호 나해진 최원석 | 홍보 김희숙 김상만 지문희 우상희 김현지
제작 강신은 김동욱 임현식 | 제작처 영신사
펴낸곳 (주)문학동네 | 출판등록 1993년 10월 22일 제406-2003-000045호
주소 10881 경기도 파주시 회동길 210
전자우편 kids@munhak.com | 홈페이지 www.munhak.com | 카페 cafe.naver.com/mhdn
북클럽 bookclubmunhak.com | 페이스북 facebook.com/kidsmunhak | 트위터 @kidsmunhak
대표전화 031-955-8888 팩스 031-955-8855 | 문의전화 031-955-8890(마케팅) 02-3144-3236(편집)
ISBN 978-89-546-7070-8 03810

* 잘못된 책은 구입하신 서점에서 교환해 드립니다.
* 이 도서의 국립중앙도서관 출판예정도서목록(CIP)은 서지정보유통지원시스템 홈페이지(http://seoji.nl.go.kr)와
국가자료종합목록 구축시스템(http://kolis-net.nl.go.kr)에서 이용하실 수 있습니다.(CIP제어번호: CIP2020004189)